ビブリオ・ファンタジア

シンデレラのねずみ

斉藤洋・作　森泉岳土・絵

ビブリオ・ファンタジア

シンデレラのねずみ

ブックデザイン　吉岡秀典（セプテンバーカウボーイ）

目次

プロローグ

わたしは大学を卒業してすぐ、病気が見つかり、建設《けんせつ》会社にきまっていた就職《しゅうしょく》を辞《じ》退《たい》した。

その病気というのは、すぐに命にかかわるようなことはなく、人にうつることもなく、それでも、一年間くらいは、きつい仕事はだめ、というもので、わたしを診察《しんさつ》した市立病院の医師《いし》は、

「車の運転なんかは、よしたほうがいいですね。まあ、軽いデスクワーク。それも、一日に五時間くらいなら、だいじょうぶでしょう。というか、したほうがかえっていいです。あ、スーパーのレジみたいに、立ちっぱなしの仕事はよくありません。暑くも寒くもない屋内《おくない》で、すわって、のんびり、一日五時間、そういう仕事なら、だいじょうぶです。」

といっていた。

そんな都合《つごう》のいい仕事があるだろうかと思っていたら、顔の広い父が市立図書館のアルバイトを見つけてきてくれた。

図書館の仕事というのは、見た目よりは楽《らく》ではなく、力仕事もあるのだが、軽作業《けいさぎょう》限定《げんてい》で、おもにカウンターの中での仕事という、わたしにとってはこのうえなく好都合《こうつごう》な条件《じょうけん》で働かせてもらえることになった。

大学生のとき、そのころつきあっていたガールフレンドが、夏休みに図書館司書《ししょ》の資格《しかく》をとるための講習《こうしゅう》を受けるというので、たいして興味《きょうみ》はなかったのだが、わたしも受講《じゅこう》し、資格をとった。その資格が役に立ったことになる。

そのガールフレンドは児童書にくわしく、その影響《えいきょう》で、わたしもその分野にいくらか知識《ちしき》があった。たぶん、採用《さいよう》の面接《めんせつ》のときにそのことを話したからだと思う。わたしは貸《か》し出《だ》しカウンターのはずれにある〈児童読書相談《じどうどくしょそうだん》コーナー〉というところをまかされることになった。

その児童読書相談コーナーというのは、開店休業状態《かいてんきゅうぎょうじょうたい》で、あまり人がこなかったようだ。それは、そこに係員がいつもいるわけではなかったからだと思う。

あまり人がこないから、職員《しょくいん》がいないようになる。職員がいないから、人が相談《そうだん》にこないという悪循環《あくじゅんかん》だったのだろう。

わたしは、きちんと相談できる知識《ちしき》を得るためという口実《こうじつ》で、時間のあるときは児《じ》童読書相談《どうどくしょそうだん》コーナーで児童書を読んでいる。それで、本をさがしているとき以外、ほとんどの時間、そこですごすことになった。

そんなことをしているうちに、児童書について、ますますくわしくなっていくし、たまに、小さな子どもをつれた母親がきて、読み聞かせをするのに、いい本はないか、というようなことをきいてくるようになる。

今では、カウンターに相談にくる人もけっこういて、近くのいすで順番を待っている人さえいるようになった。そうはいっても、いそがしいのは、おひるからだいたい二時ごろまでで、それ以降《いこう》、母親たちは買い物に行ってしまうのか、児童読書相談コーナーに、ほとんど人がこなくなる。

市立図書館の休館日は火曜日で、アルバイトの者《もの》はそれ以外に一日休むようになっている。それで、わたしは水曜日を休みの日にしてもらった。そんなわけで、わたしは木曜日から月曜日の五日間、正午から午後五時までの五時間。とちゅう、三十分の休憩《きゅうけい》をいれて、市立図書館で働いている。

そうそう、児童読書相談《じどうどくしょそうだん》コーナーに相談するついでに、奇妙《きみょう》というか不思議というか、ちょっとかわった話をわたしにしていく人が、今までに何人もいた。たいていは、本について話しているうちに、そういう話になってしまうのだが、そうではなく、ただそういう話をわたしにきかせにくる人もいた。

相談のさいちゅう、わたしが自分からそういう話題に持っていくことはないし、こちらは児童読書相談コーナーであって、〈不思議な話相談コーナー〉とは、どこにも書いていないのに、わたしを見ると、奇妙な話をしたくなるのか、わたしは不思議な話の聞き役になってしまうのだ。

どうしてそういうことになるのか、わたし自身にもわからない。

一　だいちくんのぴょんぴょんカエル

梅雨明《つゆあ》け前の金曜日のことだった。午後二時ごろ、幼稚園《ようちえん》の年中組か、せいぜい年長組の未就学児《みしゅうがくじ》と思われる男の子が児童読書相談《じどうどくしょそうだん》コーナーにきて、カウンターのいすにちょこんとすわった。

その子は、ジーンズのオーバーオールに、襟《えり》のある赤地に黒のチェックのシャツを着ていて、手には本は持っておらず、そのかわり、カエルのおもちゃを持っていた。

それは、小さな子どものてのひらにのるくらいの大きさのカエルで、おしりから細いビニールの管《くだ》が出ており、そのさきにラグビーボールの形をした小さなポンプがついていて、それを指でつまんで押《お》すと、カエルの後《うし》ろ脚《あし》がのびて、カエルがはねるというものだ。

その子はそのカエルのおもちゃをカウンターの上におくと、右手の指でポンプをつまみ、きゅっと押した。

だが、カエルは脚《あし》をのばしはするものの、跳《は》ねるというほどのことはしない。

わたしも、小さいとき同じようなおもちゃを持っていた。そのときの経験《けいけん》でいうと、そのカエルは、そんなにはジャンプしないものなのだ。テーブルや床《ゆか》の上ではなく、お風呂《ふろ》でやっても、お湯の中で足をぴんとのばすだけで、ほとんど前には進まない。

その子は、ポンプを何度か押《お》して、カウンターの上のカエルの脚をのばしたり、ちぢませたりしてから、

「ねっ！」

とわたしの顔を見た。

わたしは、なにが〈ねっ！〉なのかわからず、

「ねって？」

といって、その子の顔を見た。すると、その子は、

「このぴょんぴょんカエル、うまくジャンプしないんだよ、こういうふうにやっても。」

といって、また何度かポンプを指で押した。

そのおもちゃの性能《せいのう》はだいたいその程度《ていど》のものなのだろう。

きっとその子はどこかのおもちゃ屋か、駄菓子屋《だがしや》でそれを買ってもらったのだろうが、買ってもらうときには、そのカエルがもっと、ぴょんぴょん跳《は》ねると予想したのだろう。それなのに、いざ自分でやってみると、そうはいかず、失望《しつぼう》したにちがいない。そこで、どうやったら、カエルをうまくジャンプさせることができるか、わたしにききにきたのだろう。

わたしのカウンターは、児童読書相談《じどうどくしょそうだん》コーナーであって、児童遊戯《ゆうぎ》相談コーナーではないが、そういう相談を受けるのも、仕事のうちだと思う。

わたしが、

「ちょっとやってみていいかな。」

ときくと、その子はうなずいた。

そこで、わたしはその子からポンプを受けとり、親指とひとさし指ではさみ、ぎゅっと押《お》してみた。しかし、カエルの動きは、その子がやっても、わたしがやっても、かわりばえはしなかった。

「あんまり跳ねないね。」

わたしがそういうと、その子は、

「そうなんだよね。」

といって、ため息をつき、そのカエルをじっと見つめた。そして、こういった。

「だからさ。ぼくはこいつのお話を作ったんだよ。」

「ふうん、どんな？」

ときくと、その子は話しだした。

だいちくんのぴょんぴょんカエル

ぴょんぴょんカエルのぴょんたは、おもちゃなんだけど、ちゃんとジャンプしないから、だいちくんは怒《おこ》ってしまい、

「もう、おまえなんかと、遊んでやらない。」

といって、机《つくえ》の上にほうりだしておきました。

ぴょんたは、このままじゃあ、だいちくんと遊んでもらえなくなると思い、ジャンプの練習をはじめました。

どうやってやるかっていうと、空気の力じゃなくて、根性《こんじょう》で、おしりのさきについているまるい玉にとびつくのです。そうすると、自分の重さで玉がへこみ、空気がぴゅっとなって、管《くだ》をつたわり、ぴゅっと脚《あし》がのびるでしょ。

やってみると、とてもうまくいって、ぴょんたは三センチくらい跳《と》ぶことができました。

ぴょんたは、

「おれって、なかなかやるじゃん。」

とひとりごとをいって、もう一回、根性で玉に跳びつきました。すると、こんどは五センチくらい跳べました。

三回目には七センチくらい跳べました。

そうやって何度も何度もやっているうちに、とうとうすごいことが起こりました。

ぴょんたが根性《こんじょう》いっぱいで玉にとびつくと、自分だけじゃなくて、管《くだ》と玉ごと、三十センチくらい跳《と》んだのです。

これならもうだいじょうぶだと、ぴょんたは思いました。それで、だいちくんがもどってくるのを待っていると、一時間くらいして、だいちくんがきました。

だいちくんは、

「あ、こいつ。ママがいじったのかな。場所がかわっている。」

といいました。

それもそのはずです。ジャンプの練習をしているうちに、場所がかわったからです。

ぴょんたはわくわくしながら、だいちくんが玉を押《お》してくれるのを待ちました。

でも、そのとき、だいちくんのママがだいちくんをよびました。

「だいち、おやつよ。」

それで、だいちくんはママのところにいって、おやつを食べてから、またもって。

どってきました。

もちろん、そのあいだにも、ぴょんたはジャンプの練習をしていましたから、さっきとは場所がかわっています。

「あっ！　こいつ、また場所がかわっている。」

だいちくんはそういって、ぴょんたをつまみあげました。

「だけど、へんだな。おやつのあいだ、ママはぼくといっしょにいたし、ここにはだれもこなかったはずだ。」

そういうと、だいちくんはぴょんたを机《つくえ》の上において、玉をぎゅっと押《お》しました。

それで、どうなったと思いますか？

ぴょんたはちゃんと跳《と》べたでしょうか？

いいえ、ちゃんと跳べませんでした。

だいちくんが玉を押《お》すと、ぴょんたの脚《あし》はバビョンとのびるのですが、ただのびるだけで、ジャンプできるほどではないのです。

「やっぱ、だめじゃん。」

だいちくんはそういって、ぴょんたをつまみあげました。そして、こういったのです。

「ま、いいか。ちゃんとジャンプできなくても、こいつ、けっこうかわいいからな。」

それをきいて、ぴょんたはちょっとうれしくなり、こんどは、だいちくんが玉を押《お》したら、すぐに根性《こんじょう》でジャンプしようと決心したのでした。

その子はそこまで話すと、

「おしまい。」

といって、いきなりその話をやめた。

わたしはその子にきいてみた。

「きみ、だいちくんっていうの?」

「そうだよ。わかった?」

と、にっと笑ってから、その子はいった。

「おじさん。動物が根性《こんじょう》でがんばる絵本ないかな？」

動物ががんばる話はけっこうある。そこでわたしは、

「カエルが？」

ときいてみた。

すると、その子は首をおおげさにふって答えた。

「カエルじゃだめだよ。ひらがなも、かたかなも読めるから、ぼくがぴょんたに読んでやるんだ。カエルがカエルの話をきいたって、おもしろくないだろ。」

「そうかな。」

「そうだよ。カエルはカエルのことをよく知っているから、カエルの話をきいても、おもしろがらないにきまってる。」

「じゃあ、どんな動物がいい？」

「カエルが見本にするような、カエルより大きいやつ。」

「ネコとか？」

「ネコかあ……。もっと大きいのがいい。」

「じゃあ、イヌは？」

「イヌなんて、ネコよりちょっと大きいだけだ。もっと大きいのは？　カエルがびっくりして、根性《こんじょう》でがんばりたくなるようなのだよ。」

「それじゃあ、ゾウとかは？」

「ゾウ？　ゾウか。ゾウならいいかも。」

その子がそういったので、わたしは、ゾウがオリンピックで金メダルをたくさんとる絵本の題名をいって、

「ここで待っていれば、その本、持ってきてあげるよ。」

といった。

するとその子が、

「自分でさがすから、場所、教えてよ。」

というので、本をさがすのも勉強かもしれないと思い、わたしは、

「ほら、あそこの棚《たな》の上から三段目《だんめ》。」

と、その本のあるあたりを指さした。

児童読書相談《じどうどくしょそうだん》コーナーは児童書の棚《たな》のそばにあるから、絵本のコーナーはそこから見えるのだ。

その子は、

「じゃ、さがしてくるから、おじさん。これ、ここにおいていっていい？」

といって、カエルのおもちゃをカウンターにおいて、わたしが指さしたほうに走っていった。

そのとき、その子はたしかに、わたしの右、すぐ近くのところにカエルのおもちゃを置いた。

その子がその絵本があるところを通りすぎてしまったので、わたしはカウンターから身をのりだして、

「あ、それじゃ行きすぎ、もっとこっち。そう、そこ、そこ。そこの三段目《だんめ》。」

というふうにいうと、その子は本を見つけて、こちらに表紙《ひょうし》を見せた。

「そう。それ、それ。それだよ。」

わたしがそういうと、その子はその本を両手でかかえるようにして、わたしのとこ

ろに持ってきた。

「この本、借りていく。」

その子がそういったので、わたしは、

「借りるのは、ここじゃないんだ。」

といって、貸し出《かだ》しカウンターのほうを指さした。

「ほら、あそこにおねえさんがいるでしょ。あのおねえさんのところに持っていくと、貸してもらえる。だけど、きみ、お母さんとかと、いっしょにきたんじゃないの？」

わたしがそういうと、その子が、

「うん。今、おとなの本を見てる。」

と答えたので、わたしはいった。

「じゃあ、お母さんにいって、その本を借りてもらえばいいんじゃないかな。」

「うん。そうする。」

といって、その子が走りさろうとしたので、わたしは呼《よ》びとめた。

「ちょっと、待って。忘れ物《わすもの》！」

わたしはそういって、その子がさっきカエルのおもちゃをおいた場所、つまり、カウンターの上の、わたしから見て右を見た。

だが、そこにカエルのおもちゃはなかった。

へんだなと思って、左を見ると、あった。だが、そこはカウンターのはじで、わたしから一メートル以上はなれている。

カウンターの右と思ったのが思いちがいだったとしても、さっきその子は、そのようにはなれた場所に、カエルをおいたりはしなかった。

しかし、自分がおいた場所とはちがうところにあっても、その子はべつに意外そうなようすもなく、もどってきてカエルをつかむと、

「こいつ。ぼくがやっても、うまくジャンプしないくせに、ひとりでやると、けっこう跳《と》ぶんだよね。」

といって、走っていってしまった。

児童読書相談《じどうどくしょそうだん》コーナーにくる人から、いろいろ不思議な話はきいたが、奇妙《きみょう》なことがじっさいに起こったのは、それがはじめてだった。

二 ドッペルゲンガー

夏休みに入り、児童読書相談《じどうどくしょそうだん》コーナーはいそがしくなってきた。

休みのあいだ、小中学生は午前中に図書館にくることが多いので、わたしは図書館長にたのまれ、勤務《きんむ》時間を十時から三時までにかえた。十二時半から一時までが昼休みとなった。

夏休みに入ったばかりのときにくる小中学生はだいたい、ふたとおりにわけられる。

早いうちに感想文の宿題をかたづけて、夏休みをゆっくり遊ぼうという少年少女たちと、その反対に、私立《しりつ》や国立の中学校受験の勉強があるから、学校の宿題などは早くかたづけなければいけない受験生たちだ。

夏休みゆっくり遊ぼう派《は》の少年少女たちは、どことなくのんびりしていて、

「おもしろくて、短い話、なんかないかなあ。」

とか、

「絵本じゃだめなんだけど、絵がいっぱいあるやつがいいんだけど。」

などと、相談《そうだん》が漠然《ばくぜん》としている。

そういうとき、わたしは三冊《さつ》くらい本を用意して、そのなかから選んでもらうようにしている。あまり、多く出すと、迷《まよ》ってしまい、なかなかきまらないからだ。

でも、ゆっくり遊ぼう派《は》の子たちは、三冊の本を順にペラペラとめくってみて、

「えーっ？　これ？　もっと、ほかのはないの？」

とか、

「なんか、これ、つまんなそう。」

などといって、なかなかきまらない。

そのうち、

「おじさん。彼女《かのじょ》、いるの？」

などと、そんなことをきいてきたりする。

だいたいにおいて、ゆっくり遊ぼう派の子たちは、どことなくなれなれしく、言葉づかいも、友だち言葉だ。

その点、がっちり勉強派《べんきょうは》の小学生は、

「感想文が書きやすい本を一冊《さつ》教えてください。」

と、しっかりした言葉づかいで質問《しつもん》し、わたしが紹介《しょうかい》した三冊をちらりと見て、即決《そっけつ》することが多い。

もちろん、ぜんぶがぜんぶそうだということはなく、ゆっくり遊ぼう派の子も、すぐにきめていくことはあるし、がっちり勉強派の受験生も、ゆっくり選んでいく場合もある。

そんなわけで、児童読書相談《じどうどくしょそうだん》コーナーはいそがしかったので、その日、わたしが昼休みを早めにきりあげ、カウンターにもどってくると、返却《へんきゃく》カウンターのほうから、男の声がきこえた。

「だから、いってるだろうが。わたしは、ここで本など借りたおぼえはないんだ！」

声の調子《ちょうし》はかなりきつい。

応対《おうたい》している女性職員《じょせいしょくいん》は困《こま》ったような顔をしている。

「ですが、記録も残っていて……。」

「記録？　そんなのはおたくの記録であって、こっちの記録じゃない。それで、電話じゃ話にならないから、こうやってきてみれば、もう返却《へんきゃく》されてるって、それ、どういうことだ。わたしは、ここにくるのは、きょう、今がはじめてだ。はじめてきた人間が、どうやって本を借りて、しかも貸《か》し出《だ》し期間っていうやつがすぎているのに、本を返さないで、そのうえ、今はその本が返されてるって、まるで意味がわからん。それに、さっきもいったが、わたしはゴールデンウィークには、日本にいなかったんだ。日本にいない人間が、どうしてここで本を借りることができるんだ。」

男は六十代くらいに見えた。がっちりした身体《からだ》つきで、作業服《さぎょうふく》のようなズボンに、半袖《はんそで》の白い開襟《かいきん》シャツを着ている。

だれかに見られていると思ったのだろう。男がわたしのほうを見たので、わたしと目が合ってしまった。

すぐに目をそらすのも、かえってへんだし、そのままわたしが男を見ていると、男は天井《てんじょう》からさがっている〈児童読書相談《じどうどくしょそうだん》コーナー〉をちらりと見て、対応《たいおう》している女性職員《じょせいしょくいん》にいった。

「もういい。あんたじゃ、話にならん。あそこで話す。」

「でも、あそこは……。」

女性職員《じょせいしょくいん》はそういったが、男はかまわずに、大股《おおまた》でこちらに歩いてきた。

児童読書相談《じどうどくしょそうだん》コーナーには相談者はきておらず、そばのいすで待っている人もいなかった。

男はずかずかと歩いてくると、わたしの前に音をたててすわった。

「ここは、図書館の相談所《そうだんじょ》だね。」

相談所というのを苦情《くじょう》をいう場所だと思っているようだった。たぶん、看板《かんばん》の〈相談コーナー〉という字だけ読んで、その前の〈児童読書〉というところは目に入っていないのだ。

しかし、相談コーナーにはちがいないのだから、

「そうではありません。」

ともいえない。

男の応対《おうたい》をしていた女性職員は沢野《さわの》さんという人で、わたしは日ごろ、いろいろ教

えてもらったり、親切にしてもらっているので、かわりに男の苦情《くじょう》をきいてあげるくらいの義理《ぎり》はあった。

そこで、わたしは、

「相談所《そうだんじょ》っていっても、子どもの本についての相談を受けるコーナーなんです。」

とはいわず、男の顔を見て、

「どうしました?」

とたずねた。

ちらりと沢野《さわの》さんのほうを見ると、沢野さんはほっとしたような顔をしていた。わたしが沢野さんを見たことに気づいたようで、男も沢野さんに目をやり、

「あいつじゃ、話にならんのだよ、まったく。」

といって、ため息をついた。そして、わたしに視線《しせん》をもどすと、こういった。

「わたしは本など好きじゃない。だから、ここにくるのだって、きょうが初めてだ。ところが、きのうの夕方、市立図書館、つまりここから電話がかかってきて、わたしが借りている本がまだ返されてないって、そういわれた。きみ、借りていない本をど

うやって返せるんだ。わけがわからん。」

「おっしゃるとおりだとすれば、なにかのまちがいでしょう。」

わたしがそういうと、男は、

「でしょうではない。まちがいにきまってる！」

と断定《だんてい》してから、いくらか声をおとしていった。

「きみ。もしきみに銀行から電話がかかってきて、きみは借りたおぼえはないのに、貸《か》した金を早く返せなんていわれたら、どう思う？」

「銀行からお金を借りたことはないから、わかりませんが、もし、そういうことになったら、びっくりすると思います。」

わたしが答えると、男は大きくうなずいて、いった。

「そうだろう。金だって、本だって、理屈《りくつ》は同じだ。借りたものはしっかり返さなければならない。返さないのはよくないことだ。しかし、貸してもいないものを貸したといいはるのは、もっと悪い。そう思わんか？」

「思います。」

「ようやく話のわかる人間に出会えた。いったい、ここの図書館はなんなんだ？　受けつけの女も、返却所《へんきゃくじょ》の女も、まるで話にならんかった。さっきの女なんか、お金と本では、ちょっとちがうんじゃないかと思うなんて、そうぬかしやがったんだ。」

「そうですか。」

「そうだ。人間には、まちがいはつきものだ。わたしはね、きみ。図書館がまちがえたことについて、腹《はら》を立ててるんじゃない。自分たちがまちがえたくせに、それを認《みと》めないから、むかつくんだ。」

「わかりました。では、少しのあいだ、ここでお待ちねがえますか。しらべてきますから。」

　わたしがそういうと、男は、

「まあ、いいだろう。だが、早くしてくれよ。」

といって、腕《うで》を組んだ。

　わたしは席を立ち、こちらを見ている返却《へんきゃく》カウンターの沢野《さわの》さんのところにいって、小声でいった。

「あのお客さんが、借りたおぼえがない本について、返却期間《へんきゃくきかん》がすぎているという電話があったとか、それでここにきたら、その本がもう返されていて、わけがわからないとおっしゃってるんですけど。」

すると、沢野《さわの》さんはそこにあったパソコンのモニターに目をやって、

「でも、記録はこうなってるのよ。」

と、ささやくような声でいった。

モニターに目をやると、大川浩一郎《おおかわこういちろう》という名があり、貸し出《かだ》し記録が出ていた。見れば、その年代の男性としてはけっこうな読書家のようで、月に一度くらいのわりあいで、数冊《すうさつ》の本を借りていっている。返却もきちんとされていたが、一冊だけ期間をすぎたものがあり、それもきょうの日付《ひづけ》で図書館の玄関《げんかん》を出たところにある返却箱に返されている。

今まで貸し出された本の中には、トーマス・マンの『魔《ま》の山《やま》』とか、ゲーテの『ファウスト』などという、あまり読まれていないドイツ文学のものもある。ロシア文学の大長編《だいちょうへん》、ドストエフスキーの『カラマーゾフの兄弟』まであった。

わたしがモニターから沢野《さわの》さんに視線《しせん》をもどすと、沢野さんは、男に背《せ》をむけて、いった。

「あの人、ここにはきたことがないっていってるけど、わたしは何度も見たことがあるし、木村さんだって、そういってるのよ。いつも、だまって本を借りていって、返すときも口をきかないけど。」

木村さんというのは、やはり図書館職員《しょくいん》だ。

そばにいた木村さんの顔を見ると、木村さんはうなずいた。

「わかりました。」

わたしはそういって、席にもどった。

心の病《やまい》には、いろいろなものがある。たぶん、その男はなにかの心の病なのだろう。もしそうなら、男の主張《しゅちょう》にあまり反対しないほうがいいかもしれない。

わたしはそう思った。そこで、男にこういってみた。

「なにかのいきちがいがあったと思うんですが、借りてない本を貸《か》したといわれたり、返却《へんきゃく》期間がすぎてるとか、もう返されているとか、いろいろいわれたら、わたしだって腹《はら》が立ちます。そこで、もうちょっとお話をうかがいたいのですけど、よろしいでしょうか。」

するとと男は、得《え》たりとばかりに、

「いいとも。だが、わたしは、話の腰《こし》をとちゅうで折《お》られるのがきらいでね。ああだこうだいわずに、最後まできくっていうなら、話してやる。」

といい、わたしが、

「わかりました。」

と答えると、話をはじめた。


わたしは大川浩一郎《おおかわこういちろう》といって、ここから歩いて十分ほどのところにある大川自動車という車の修理《しゅうり》工場をやっている。年は六十七歳《さい》。従業員《じゅうぎょういん》十人ほどの小さな会社だが、これでも社長だ。中学を卒業したあと、すぐに働きだしたが、母親が、高校くらいは出ていたほうがいいっていうから、夜間《やかん》の高校を卒業した。昼間の

仕事で疲《つか》れきってるから、高校にいっても、居眠《いねむ》りばかりで、勉強はほとんどしていない。もともと学校の勉強なんか、きらいだったがね。高校は、お情《なさ》けで卒業させてもらったようなものだ。だから、本なんか、ほとんど読んでいない。読もうとも思わなかったし、思っても、そんな時間はなかった。今だって、そんな時間はない。

　きょうだって、ほんとは、ここで文句《もんく》をいっている場合じゃないんだ。銀行にも行かなきゃならんしな。だが、借りたものを返してないといわれちゃ、信用《しんよう》にかかわる。そういうとこは、きちんとせんといかん。

　きのうの夕方のことだが、ここの図書館のなんとかという人から電話がかかってきた。男だったが、名前はおぼえていない。そいつがいうには、ハムがどうとかいう本を借りているはずだが、貸《か》し出《だ》し期間がすぎているから、早く返すようにってことなんだ。わたしは、ハムは好物《こうぶつ》だが、食べるのが好きなだけで、ハムについての本を読みたいわけじゃないし、だいいち、本など借りたおぼえはない。そこで、そういってやると、そいつは引きさがらないんだ。わたしの名前と住所と、それからもちろん電話番号を知っていて、それを確認《かくにん》すると、わたしにまちがいないっていうんだ。

きみ、オレオレ詐欺《さぎ》ってあるだろ。わたしはそういうのかと思った。だが、貸《か》してない金を返せっていうならともかく、本を返せっていうような、そんなオレオレ詐欺があるか？　それに、オレオレ詐欺なら、文字どおり名前を名のらず、『オレオレ』っていうだけだろ。だが、そいつは名前もいったしな。

それでわたしは、そのハムの本はきっとものすごく値段《ねだん》が高いもので、返さないなら弁償《べんしょう》しろって、そういうことかと思ったんだ。それで、

「その本、いくらなんだ？」

ときいてみると、それが二千円もしない。

しかし、定価《ていか》は二千円でも、骨董品《こっとうひん》みたいな価値《かち》があるかもしれないだろ。だから、

「その本は、ふつうに売ってる本かね。」

ときいた。

そしたら、書店に行けば売ってるし、売ってなくても、とりよせればあるだろう。でも、自分はすぐに弁償《べんしょう》してくれといっているのではなく、その本を返してくれといってるだけだとか、そんなふうにいうんだ。

こうなってくると、オレオレ詐欺《さぎ》みたいなやつじゃないよな。

きみ、きみはまだ若《わか》いから、わからんかもしれんが、トラブルが起きたとき、電話で話していると、トラブルはもっと大きくなりがちなんだ。今はメールがはやりだが、メールなんて、もっとだめだ。じっさいに会って話すことが、トラブル解決《かいけつ》の最良《さいりょう》の手段《しゅだん》だ。そう思って、きょう、午前中の仕事を終わらせてから、ここにきたってわけだ。そうしたら、わたしが借りたっていう本は、夜のうちに、図書館の玄関《げんかん》の外にある箱に返されてるって、そういわれた。

きのうの夜は、ずっと帳簿《ちょうぼ》とにらめっこをしていたから、一歩も外に出ていない。だから、そういってやったら、夜とはかぎらない、朝かもしれない、とにかく図書館が開くより前に、外にある箱に返されているって、そういわれたんだ。

さっき、きみが話していた女だよ。だったら、夜のうちっていわずに、はじめから、図書館が開くまでにって、そういえばいいだろ。ちょっとしたことかもしれんが、ものごとは正確《せいかく》にいわないといかん。

さっき、わしは自分の会社を修理《しゅうり》工場っていったが、うちの専務《せんむ》が、いや、専務っていったってせがれなんだが、いくらせがれでも、会社じゃ専務だからな。その専務が中心になって、五年前から中古車販売《はんばい》をするようになって、これがなかなか調子《ちょうし》よくてな。中古車っていうのは年式《ねんしき》、つまり、いつ製造《せいぞう》されたかっていうのが、値段《ねだん》に関係してくるんだ。だいたい何年頃《ごろ》っていうんじゃ話にならない。十五年式とか十六年式とか、きちんといわんとな。十五年式と十六年式じゃ、値段が何十万円もちがったりするんだ。

ま、そんなことはいいとして、とにかく、わたしが借りたという本は返されているから、もういいってことなんだ。

しかし、もういいわけがないだろう。こっちは借りてないんだからな。そのハムの本だけではなく、あの女がいうには、わたしはもっと別の本もたくさん借りていて、それはぜんぶ、貸《か》し出《だ》し期間内に返されてるって、そういうんだ。

そんなばかな話があるもんか。わたしは、ここにきたのは、きょうがはじめてだ。だから、わたしはきいてやった。

「じゃあ、いつ、わたしが本を借りたのか、いってみろ。たとえば、今年のゴールデンウィークなんかどうだ？」

ってきいてやった。

ゴールデンウィークは、会社の社員旅行で台北《タイペイ》にいっていた。出国は五月一日で、帰国は五月四日だ。三泊《ぱく》四日《か》で、パスポートには日付《ひづけ》のスタンプが押《お》してあるからな。

そうしたら、その女はパソコンでしらべて、わたしが五月三日に三冊《さつ》借りていて、それはもう返されているって、そうぬかすんだ。それで、わたしがその日に日本にいなかったことをあの女にいってやったとき、だれかに見られているような気がして、ふとこっちを見たら、きみと目が合ったっていうことだ。台北のことがうそだと思うなら、会社に電話して、わたしのパスポートを持ってこさせようか。

そこまで話すと男は、

「あっ、そうだ。」

といって、ズボンのポケットからスマホを引っぱりだし、ちょっといじってから、わたしに見せた。

そこには、五月三日の日付《ひづけ》で、小さな写真が何枚《なんまい》かならんでいた。

そのうちのひとつを男は指で押《お》した。

写真が大きくなり、そこには、台北旅行者《タイペイりょこうしゃ》がよくおとずれる高層《こうそう》ビルを背景《はいけい》にして、その男がうつっていた。

「自撮《じど》りしたんだ。このビルは、台北ワンオーワンっていうビルだ。これが、わたしがこの図書館どころか、日本にいなかった証拠《しょうこ》だ。」

男は勝《か》ち誇《ほこ》ったようにそういった。

こうなると、だれかが、そこにいる大川浩一郎《おおかわこういちろう》さんという人になりすまして、図書館で本を借りたとしか思えない。

わたしは一瞬《いっしゅん》そう思ったが、すぐに沢野《さわの》さんの言葉を思い出した。

沢野さんはさっき、こういっていた。

「あの人、ここにはきたことがないっていってるけど、わたしは何度も見たことがあるし、木村さんだって、そういってるのよ。」

それでは、大川浩一郎《おおかわこういちろう》さんの双子《ふたご》の兄弟か、だれか変装《へんそう》のうまい人間が大川浩一郎さんの名を使って、本を借りたのだろうか。だが、もしそうだとしたら、なんのために？

それは、ありそうもないことだ。

わたしは、なんとなくをよそおって、きいてみた。

「大川浩一郎さんとおっしゃいましたよね。浩一郎さんというと、ご長男ですか？」

「そうだが、長男といったって、わたしはひとりっ子で、父親はわたしが赤《あか》ん坊《ぼう》のとき死んで、母はずいぶん苦労した。」

「そうですか。失礼なことをうかがいますが、中学を出てすぐに働いたのは、なんていうか、つまり……。」

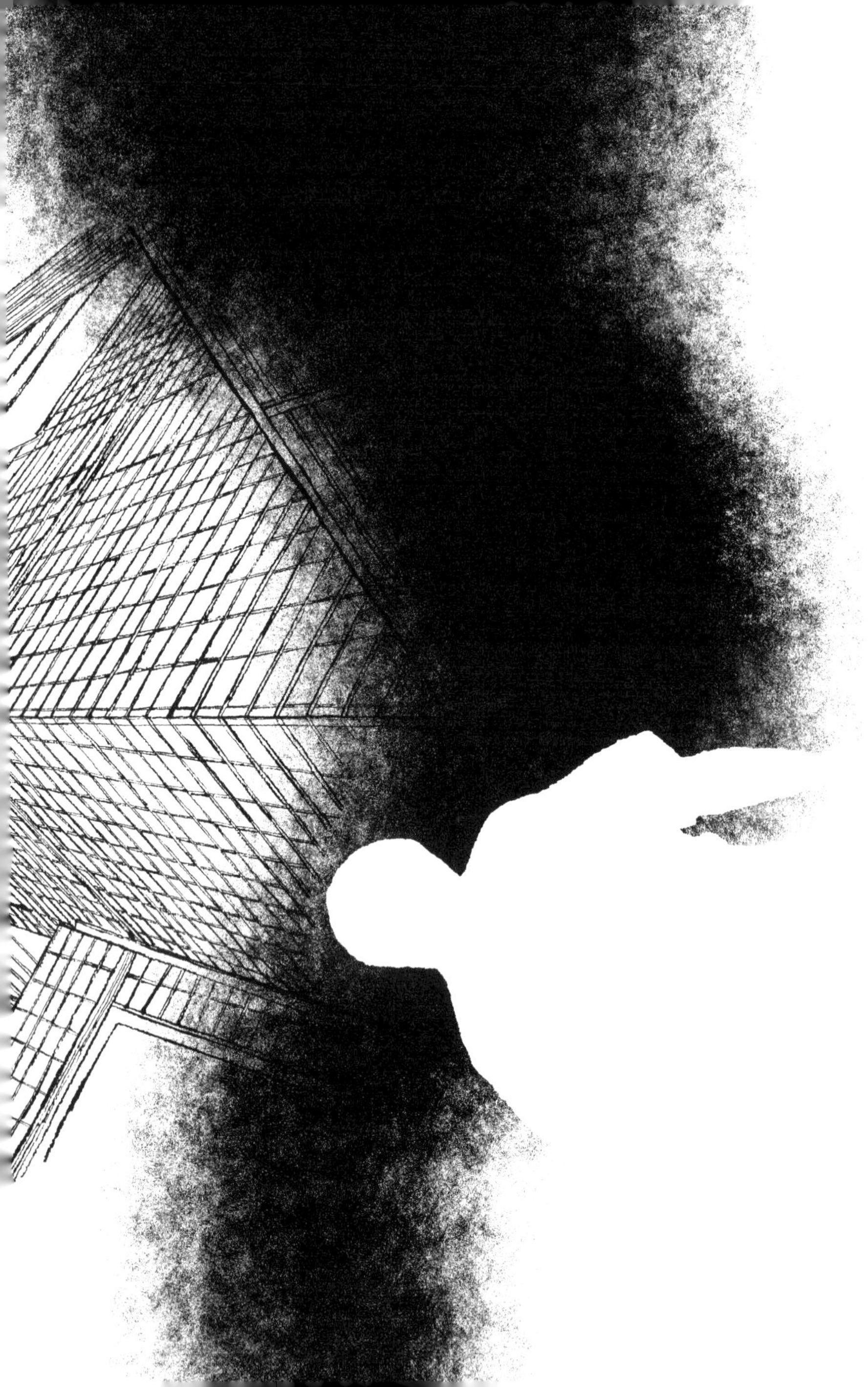

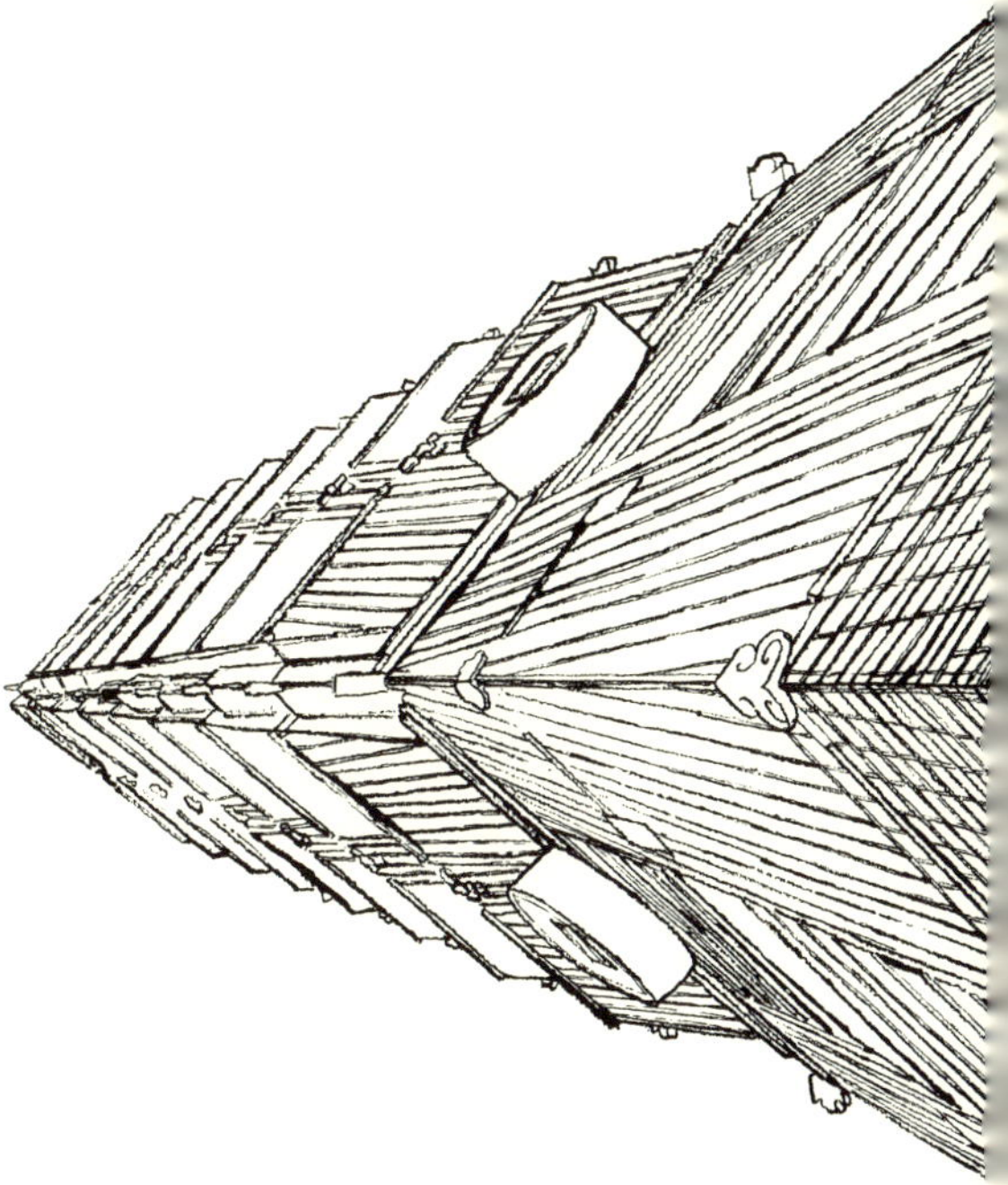

わたしがそこまでいうと、大川浩一郎《おおかわこういちろう》さんは、

「経済的《けいざいてき》理由だ。母親は病気がちだったしな。母は再婚《さいこん》もせずに、女手《おんなで》ひとつでわたしを育ててくれた。それで、わたしが会社をはじめた年の翌年《よくとし》に亡《な》くなった。母が亡くなる前に、自分の会社を持ち、社長になって、それがせめてもの親孝行《おやこうこう》だと思ってる。」

といってから、

「まあ、本を貸《か》したの、借りてないのと、つまらないことで、大さわぎすることはなかったような気がしてきた。きみだって、いつうちから中古車を買ってくれるかわからんしな。まちがいだってことをきみが認《みと》めてくれれば、それでいいよ。」

といって、席を立った。

わたしは、

「すみません。ご迷惑《めいわく》をおかけしました。」

といって、立ちあがり、頭をさげた。

「うん。わかった。」

と大川浩一郎《おおかわこういちろう》さんが立ちさりかけたところで、わたしはきいてみた。

「中古の外車《がいしゃ》を販売《はんばい》されてるってことですが、ファウストっていう名前のドイツ車はありますか？」

「ファウスト？」

とつぶやいてから、大川浩一郎さんはいった。

「わたしの知るかぎり、そういうドイツ車はない。それ、車の名前じゃなくて、人の名前っていうか、本の名前だろ？」

そんなことはわかっているが、わたしは、

「本の名前ですか？」

といってみた。

「そうだよ。ファウスト博士《はかせ》は悪魔《あくま》といっしょに、あちこち旅をするんだ。そんなことも知らないのか、きみ、図書館で働いているなら、それくらい知ってるだろ。まあ、うちではもちろんドイツ車もあつかってるから、買うときは相談《そうだん》にきてくれよ。勉強させてもらうよ。」

大川浩一郎《おおかわこういちろう》さんはそういって、帰っていった。

大川浩一郎さんが図書館から出ていくのをたしかめてから、わたしは沢野《さわの》さんのところにいって、こういっておいた。

「あのかた、ご子息《しそく》がいらっしゃるみたいです。若《わか》いときにつくった子だから、二十も年がはなれてなくて、よくまちがえられるそうです。浩一郎さんとおっしゃるのはご子息で、あのかたは大川浩《ひろし》さんとおっしゃるんだそうです。沢野さんや木村さんが見かけたのは、たぶんご子息ですよ。住所も同じだそうだから。」

「なんだ、そうだったの。大川浩一郎さんですねって、名前を確認《かくにん》したのに、あの人、ちゃんときいてなかったのね。」

「きっとそうですよ。児童読書相談《じどうどくしょそうだん》コーナーの看板《かんばん》も、ろくに読まないで、苦情《くじょう》をきく相談所《そうだんじょ》だと思ったみたいですし。そうそう。ここに文句《もんく》をいいにきたことは、息子《むすこ》にはだまっててくれって、そういってましたから、こんど、ご子息がいらしたら、きょうのことはなかったことにして、今までどおりにお願いします。」

「わかりました。」

と沢野《さわの》さんがいうと、そばにいた木村さんもうなずいた。

自分と同じ姿《すがた》をした者《もの》をドッペルゲンガーというが、『ファウスト』を書いたゲーテ自身も若《わか》いころに、自分のドッペルゲンガーと森の中の道ですれちがったことがあるそうだ。

ドッペルゲンガーにもいろいろあるようだが、本人がしたいことをかわりにするというタイプのものがいる。

大川浩一郎《おおかわこういちろう》さんは、勉強はきらいだったといっていたが、若いとき、もっと本を読みたかったのではないだろうか。大川浩一郎さんのドッペルゲンガーが本人の知らないあいだに、図書館にきていたのかもしれない。

わたしはそう思う。

そうそう、貸《か》し出《だ》し期間がすぎていて、開館前に返却《へんきゃく》された本は、シェイクスピアの『ハムレット』だった。

大川浩一郎さんのドッペルゲンガーが読んだ本のうち、どうして『ファウスト』は大川浩一郎さんの記憶《きおく》にうつり、『ハムレット』は記憶にないのか、その理由はわからない。

これは憶測《おくそく》だが、大川浩一郎《おおかわこういちろう》さんのドッペルゲンガーにとって、というか、ひょっとして、大川浩一郎さんにとっても、『ハムレット』はつまらなかったか、あるいは不快《ふかい》だったのかもしれない。

わたしは原作の翻訳《ほんやく》を読んだことがある。

『ハムレット』では、王子の母親は、王であるハムレットの父親が死んだあと、すぐに、その弟と再婚《さいこん》している。大川浩一郎さんの母親は女手《おんなで》ひとつで大川浩一郎さんを育てたといっていた。

三

シンデレラのねずみ

八月の最初の月曜日、市に熱中症《ねっちゅうしょう》の警報《けいほう》が出ていたせいか、午前中、児童読書相談《じどうどくしょそうだん》コーナーにはひとりもお客がこなかった。

ところが昼休みのあと、午後一時にカウンターにもどると、少女がひとり、いすにすわっていた。

よそいきっぽいピンクのワンピースを着て、髪《かみ》が長かったので、おとなっぽく見えたが、たぶんまだ小学生だろうと思った。

わたしは自分の席に腰《こし》をおろして、いった。

「お待たせしました。本についてのご相談ですか。」

「相談ってことじゃなくて、ききたいことがあるんです。」

といって、少女は、ひざの上にのせていた本を三冊《さつ》、カウンターの上においた。

それはどれもグリム童話の本だった。

「わたし、きょう九時からここにきていて、グリム童話をしらべたんですけど、『シンデレラ』っていう話はないんですね。」

少女はそういって、かすかにため息をついた。

「シンデレラの話は、グリムでは、『灰《はい》かぶり』っていう題になってます。」

わたしがそういうと、少女は、

「そうみたいなんですよね。この三冊《さつ》の本、どれもそうなってました。」

といって、カウンターの本に目をやった。

少女がそのままだまってしまったので、わたしはいった。

「ディズニーのアニメーション映画《えいが》の『シンデレラ』はグリム童話だけじゃなくて、フランスのペローっていう人が書いた童話も、もとにしているんです。ペローのほうも、題はやはり、『シンデレラ』ではなくて、たしか『サンドリヨン』だったと思います。」

「もとにしてるって？　じゃあ、やっぱり、ディズニーの『シンデレラ』は古い童話とは、ぜんぶは同じじゃないってことですか？」

少女はちょっと怒《おこ》ったような顔でそういった。

「いろいろなところがかえてあるんですよ。だから、百パーセント同じなわけではないんです。たとえば、靴《くつ》だって、ディズニーのほうはガラスの靴だけど、グリムは金《きん》でできていますよね。それに、魔法使《まほうつか》いはグリムには出てこないし。」

わたしがそういうと、少女は、

「靴のことは、ガラスでも金でもいいんです。だけど、魔法使いのおばあさんが出てこないって……。」

といって、いかにも失望《しつぼう》したというふうに、ため息をついた。そして、こういいたした。

「それに、ねずみがドレスを作るのを手伝ってくれたりもしないんですよね。なんだか、がっかりしちゃって。」

「グリムには、ねずみは出てこなくても、鳥がドレスをはこんできてくれたりするんですよね。」

べつに、なぐさめようと思ったわけではなく、なんとなくわたしがそういうと、少女は少しきつい口調《くちょう》でいった。

「鳥なんか、どうでもいいんです。わたし、飼《か》ってないし！」

「すると、魔法使《まほうつか》いのおばあさんとねずみが問題なんですね。」

「そうです。」

「なるほど……。」

わたしは、文字どおりとりあえず、そういったが、少女がいっていることを納得《なっとく》したわけではなかった。

その少女は、ディズニーのアニメーション映画《えいが》の『シンデレラ』をDVDかなにかで見て、だれかから、グリム童話がもとになっているということをきいたのだろう。それで、図書館にしらべにきたのだろう、と、そこまでは理解《りかい》できた。

シンデレラのことでよく話に出るのは、どうして靴《くつ》が金からガラスにかわったのかということだ。これについては、グリムより古いペローではガラスなのだから、ディズニーはペローのほうを採用《さいよう》したのだろう。しかし、少女が問題にしているのは靴ではなく、魔法使いの老婆《ろうば》とねずみのようだ。

なぜ、魔法使いとねずみがその子にとって問題なのだろう。

わたしがそのことをたずねようとすると、少女はわたしの首からさがっているネームカードにちらりと目をやってから、いった。

「わたし、緑小《みどりしょう》の四年で、鞍森杏《くらもりあん》っていいます。字は、馬の鞍の鞍に、森は木が三つの森です。あんは杏《あんず》っていう字です。」

児童読書相談《じどうどくしょそうだん》コーナーにくる少年少女は自分の名前をいうとき、どういうわけか、漢字でどう書くかをいう子が多い。貸《か》し出《だ》しの手続きのときに、きかれることがあるからかもしれない。

鞍森という苗字《みょうじ》の人に会ったのは、はじめてだ。しかし、名前のめずらしさより、わたしがおどろいたのは、その子が小学校四年生だということだった。見かけも、言葉づかいももっとおとなっぽいのだ。

わたしもおとなに話すような言葉づかいで、そうはいっても、いいかたが冷たくならないように気をつけて、きいてみた。

「わかりました。鞍森杏さんですね。それで、鞍森さんの問題は、グリムの『灰《はい》かぶり』には、魔法使《まほうつか》いとねずみが出てこないからつまらないっていうことでしょうか。」

少女はうなずいて答えた。

「そうです。でも、ただつまらないっていうだけじゃないんです。うちに、シンっていう名前のハムスターがいて、それは、おばあちゃんからのプレゼントなんです。ねずみじゃなくて、ハムスターですけど。シンはおすですけど、シンデレラのシンです。おばあちゃんからもらったとき、お父さんが、シンデレラっていうのは女の名前で、もしシンデレラが男だったら、シンデレルになるっていったんです。だけど、それじゃあ、死んでるみたいだから、シンにして、シンちゃんって呼《よ》んでます。」

そこまでいって、少女はわたしの顔をじっと見た。そして、いくらか声を落としていった。

「わたしのおばあちゃんって、山梨《やまなし》のお父さんのお母さんじゃなくて、青森《あおもり》の、お母さんのお母さんですけど、そのおばあちゃんって、魔法使《まほうつか》いじゃないかと思うんです。」

正直《しょうじき》にいうと、小学校の四年生で、自分の祖母《そぼ》が魔法使いだと思っている子は、そう多くはいないと思う。しかも、その鞍森杏《くらもりあん》さんという子は、小学生としては言葉づかいがしっかりしているし、見たところ、まるで幼稚《ようち》な感じはしない。

わたしはばかにしていると思われないように、まじめな顔で、

「そうですか。鞍森《くらもり》さんは、おばあさまのことを魔法使《まほうつか》いだと思っているわけですね。」

といった。

するとと、鞍森杏《あん》さんは左右とうしろを見て、近くに人がいないことをたしかめてから、話しだした。


友だちにも、ハムスターを飼《か》っている子や、前に飼っていたっていう子が何人かいて、そういう子たちがいうには、ハムスターって、だいたい一年か、長くても二年が寿命《じゅみょう》で、ハムスターの本にも、そう書いてあります。でも、うちのハムスターがうちにきたのは、わたしが一年生のときのクリスマスのちょっと前ですから、うちにきてからもう二年半以上たっていて、しかも、シンちゃんはきたときはもうおとなでした。色もかわっていて、こいねずみ色なんです。種類もジャンガリアンじゃなくて、ゴールデンだから大きいし、もししっぽが長ければ、ねずみとまちがえるかもしれません。

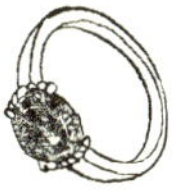

ハムスター用としてはいちばん大きいケージに住んでいて、それもおばあちゃんが持ってきてくれたものです。中が三階建てになっていて、はしごで上にあがったり、下におりたりできるようになっています。もちろん、水飲みも砂場《すなば》も滑車《かっしゃ》もあります。屋根が開いて、シンちゃんが三階にいれば、そこからシンちゃんを出すこともできます。そのほか、ちゃんとした出入り口が一階にあります。床《ゆか》にはおがくずがしいてあるから、もしシンちゃんが二階から落ちても、だいじょうぶです。

シンちゃんのケージは、わたしの部屋の勉強机《べんきょうづくえ》のとなりの小さなテーブルの上にあります。

あ、そうだ。わたし、はじめから、おばあちゃんのことを魔法使《まほうつか》いだと思っていたわけじゃありません。シンちゃんがうちにきて、飼《か》いはじめてから、そう思うようになったんです。

友だちがいうには、だいたいハムスターって、子どものときは、滑車をくるくるまわして遊んでも、おとなになると、だんだんやらなくなって、寝《ね》てばかりいるようになるんだそうです。でも、シンちゃんはそんなことはなくて、毎日滑車《かっしゃ》で遊んでいます。

シンちゃんが不思議なハムスターだって気づいたのも、滑車の中を走って、くるくる滑車をまわしているときでした。

それは、シンちゃんがうちにきて一年以上たったときで、去年の、だから、わたしが二年のときの、お正月のあとでした。

滑車はまわっているのに、滑車の中にシンちゃんがいないんです。

シンちゃんはよく、床《ゆか》で腹《はら》ばいになって、下から滑車をまわすことがあるので、滑車の下も見ましたが、シンちゃんはいませんでした。

シンちゃんは滑車の中にも、近くにもいないのです。

だけど、それなのに、滑車はまわりつづけているのです。

べつに時計を見ていたわけじゃないから、正確《せいかく》にはわかりませんが、一分くらい、そのままくるくるまわっていて、それからだんだんまわるスピードがおそくなって、止まりました。

わたしはケージの外から中をのぞき、シンちゃんをさがしましたが、見つかりません。

わたし、どうしようと思って、お母さんをキッチンに呼《よ》びにいきました。

その日は土曜日で、お母さんはうちにいて、お昼ごはんを作っていました。それで、キッチンからふたりでわたしの部屋にもどってきて、テーブルの上のケージをみると、滑車《かっしゃ》がまわっていて、その中でシンちゃんが走っていました。

それが、シンちゃんが消えて、もどってきた最初です。

そのあと、何日かして、夕方、わたしが見ていると、滑車をまわして走っていたシンちゃんの姿《すがた》が消えました。前のときと同じで、しばらく滑車はまわりつづけ、それから止まりました。

その日は、お母さんも、それからお父さんもうちにいなくて、わたしは、止まった滑車をずっと見ていることにしました。そのときは、ちゃんと時計を見ました。ベッドの頭のところの台に目覚《めざ》まし時計があるんです。

午後五時二十五分でした。

わたしはじっと滑車《かっしゃ》から目をはなしませんでした。

でも、最初のときとちがって、シンちゃんはなかなかもどってきませんでした。

わたしはベッドに腰《こし》かけて、シンちゃんのケージを見ていたのですが、そのうち寝《ね》そべって、眠《ねむ》ってしまいました。

カラカラと滑車のまわる音で目をさますと、滑車の中でシンちゃんが走っていました。

目覚まし時計を見ると、もう少しで六時でした。

うちは、お父さんもお母さんも働いているから、わたしはスマホを持っています。

わたしが起きあがって、ベッドにすわると、机《つくえ》の上にあったスマホの着信音《ちゃくしんおん》が鳴りました。その着信音で、おばあちゃんからの電話だとわかりました。

「もしもし。」

と、わたしが電話に出ると、おばあちゃんは、

「チエ、まだだろ。でも、もうすぐ帰ってくる。きょうの晩《ばん》ごはんはビーフシチューだよ。」

といってから、こういいたし、電話をきってしまいました。

「チエが帰ってきたら、茶のハンドバッグは似合《にあ》わないから、よしたほうがいいって、そう伝えておくれ。バッグは黒がいいんだよ。じゃあ、またね、杏《あん》ちゃん。」

わたしがしゃべったのは、最初のもしもしだけで、おばあちゃんはひとりでしゃべって、電話をきってしまったのです。

あ、チエっていうのは、お母さんの名前です。

それから五分もしないうちに、お母さんが帰ってきました。

「きょう、ビーフシチュー?」

って、わたしがきいてみると、お母さんは、

「よくわかったね。」

といいました。

その日の晩《ばん》ごはんはビーフシチューでした。

お母さんがキッチンで晩ごはんのしたくをしているとき、わたしは近くにいって、いいました。

「さっき、青森《あおもり》のおばあちゃんから電話があったよ。茶色のハンドバッグは似合《にあ》わないからよしたほうがいいって、そう伝えてくれって。バッグは黒がいいって。」

包丁《ほうちょう》でニンジンを切っていたお母さんの手が止まりました。そして、わたしのほうを見ずに、

「そう?」

といい、またニンジンを切りはじめました。

わたしは、おばあちゃんが晩《ばん》ごはんがビーフシチューだっていったこともいおうと思ったのですが、バッグの話で、お母さんの機嫌《きげん》が悪くなったみたいなので、いうのはやめました。

そのときはまだ、お母さんは茶色いハンドバッグを持っていませんでした。でも、そのあとすぐに、茶色いハンドバッグを買って、今でもそれをしょっちゅう使っています。

おばあちゃんの電話がある前の日、お母さんは通販《つうはん》のカタログをお父さんに見せて、茶色いハンドバッグを買いたいっていっていったんです。

お母さんはわたしになにかいうときは、いつもはわたしの顔を見るのですが、機嫌《きげん》が悪いときは、わたしを見ません。

でも、それもニンジンを切りおわるまでで、切ったニンジンをボウルに移《うつ》してしまうと、お母さんはわたしを見て、笑顔でいいました。

「シチューのお肉、たりなそうだから、ねずみを食べちゃおうか。」

もちろん、それが冗談《じょうだん》だということはすぐにわかりました。それでも、わたしはドキリとしました。

わたしをびっくりさせてしまったのがわかったみたいで、お母さんは笑っていいたしました。

「だめだよね。いくらシチューでも、ねずみの肉じゃあねえ。」

すぐに、シチューと、チュウチュウいうねずみの鳴き声をかけたしゃれだとわかりましたが、わたしは楽しい気分になれずに、話をかえました。

「ママって、茶色いハンドバッグがほしいって、おばあちゃんにいったの？」

「いってないよ。」

「じゃあ、なんで、おばあちゃん、そんなことといったんだろ。」

「さあ、どうしてかしら。あの人、ちょっとへんなのよ、いつも。」

おばあちゃんはお母さんのお母さんだから、〈お母さん〉とか〈おばあちゃん〉っていうのがふつうなのに、いつだって、〈あの人〉っていいます。

おばあちゃんはめったにうちにはきません。一年生のとき、シンちゃんとケージをもってきてくれてからは、まだきていません。

おばあちゃんがきたとき、シンちゃんをお土産《みやげ》に持ってきたことも、お母さんはあまりよろこんでいなかったようです。

一日泊《と》まって、おばあちゃんが帰ったあと、お母さんは怒《おこ》ったような顔で、

「杏《あん》がちゃんとねずみの世話《せわ》をしなかったら、すぐにあの人に返すからね。」

といったくらいです。

そうそう。お父さんはシンちゃんのことをシンって呼《よ》んで、わたしがシンちゃんをケージから出して遊んでいると、

「おれにも、さわらせてくれ。」

とかいって、シンちゃんをいじりにきたりしますが、お母さんは絶対《ぜったい》にそんなことはしません。シンちゃんを名前で呼《よ》ぶこともせず、〈ねずみ〉っていうんです。

エサとかおがくずとかを買ってきてくれるのも、お父さんです。

お母さんにとって、シンちゃんはうちのペットではなくて、たとえば、屋根裏《やねうら》にひそんでいるねずみくらいのものなのです。うちは、マンションですから、換《かん》気扇《きせん》の穴《あな》以外に、屋根裏はないんですけど。

それからしばらくは、ときどきシンちゃんがケージから消えてしまうことはあっても、そのほか、とくにかわったことは起こりませんでした。

お母さんにだけではなく、わたしはお父さんにも、シンちゃんが消えることをだまっていました。

お父さんはお母さんより朝早く仕事に行くし、帰りはお母さんより遅《おそ》いので、うちで、わたしがお父さんとふたりっきりになることはめったにないんです。お母さんのいるところで、シンちゃんの話はしたくなかったし、もし、お父さんにそのことをいえば、きっと、お父さんはお母さんにいいます。そうすると、お母さんの機嫌《きげん》が悪くなるのは、わかりきっています。だから、わたしはお父さんにもいえなかったのです。

去年の四月に、わたしが三年生になって、ゴールデンウィークがすぎたころ、また不思議なことが起こりました。

それまでにも、シンちゃんがケージの滑車《かっしゃ》をくるくるまわしているうちに姿《すがた》を消してしまうことは何度もありました。そして、そのたびに、一度止まった滑車がまたまわりだし、シンちゃんが帰ってくるのも同じでした。

わたしが見てないときに、シンちゃんがいなくなって、知らないうちに帰ってきていることだってあったはずで、とくに夜中、わたしが見ていないときに、そういうことがあったとすれば、何十回も、何百回も、シンちゃんはそういうことをくりかえしていたことになります。

わたしは毎週、日曜日の夜にシンちゃんのケージをそうじして、おがくずと砂《すな》場《ば》の砂をかえています。その日曜日、ケージの上の部分をどかし、下の部分からおがくずを手ですくいだしていると、なにかかたいものが指にふれました。

なんだろうと思って、おがくずの中から出してみると、それは緑色のすきとおった石のはまった銀色《ぎんいろ》の指輪《ゆびわ》でした。

わたしは鉱石《こうせき》とか宝石《ほうせき》とか、石が好きで、図鑑《ずかん》も何冊《なんさつ》か持っています。指輪やネックレスにも興味《きょうみ》があって、そういう本も持っています。

銀色の指輪の部分は内側にＰｔと文字が刻印《こくいん》されていました。にせものでなければ、プラチナです。そして、もしそれがプラチナなら、石はガラス玉ではなく、本物の宝石でしょう。だとすると、緑色の石はエメラルドかもしれません。水晶《すいしょう》でも緑色のものがありますから、水晶だとすると、そんなに高くはありません。せいぜい何万円か、もしかすると、石だけなら何千円かで買えてしまうかもしれません。でも、もしエメラルドだとしたら、その大きさだと、何百万円もします。その石はうずらの卵《たまご》をたてにふたつにわったひとつ分より、少し小さいくらいの大きさがあったのです。

もし、シンちゃんがどこからか持ってきたとしても、いいえ、九十九パーセントそうにきまってるのですが、持ってきたのがわたしでないなら、わたしがどろ

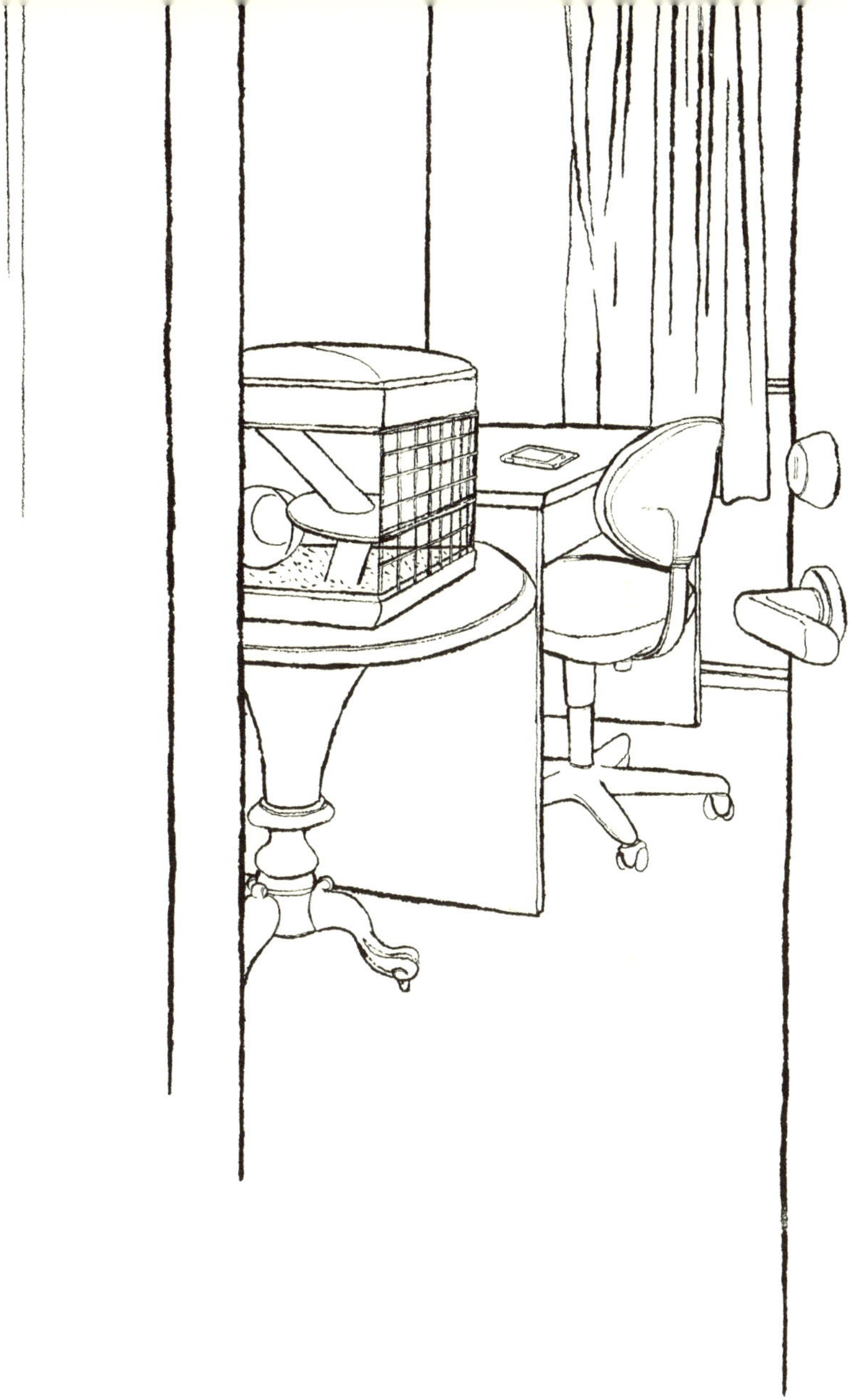

ぼうしたことにはなりません。

月曜日、わたしは学校に行って、担任《たんにん》の先生にきいてみました。なにをどうきいたかというと、こんなふうです。

「伝書《でんしょ》バトを飼《か》っている人がいて、その人のハトがどこかから宝石《ほうせき》をくわえてきてしまったら、その宝石はだれのものになるんですか。」

って。

そうしたら先生はちょっと考えてから、こういいました。

「まず、交番とかに行って、おまわりさんに事情《じじょう》を話して、その宝石をとどけないといけないね。そうすると、おまわりさんはいろいろしらべてくれて、三か月して、持ち主が見つからないときは、ハトの飼《か》い主《ぬし》にもどってくるんじゃないかな。」

ほんとうはハムスターでしたが、先生や友だちはわたしがハムスターを飼っているのを知っていたから、ハトにかえていったのです。

でも、伝書バトがどこかで宝石をくわえてくることはあっても、家の中で飼っているハムスターが宝石《ほうせき》をよそからケージにはこんでくることはありません。宝石が見つかったとすれば、それははじめから家の中にあったもののはずです。

おまわりさんに、指輪《ゆびわ》をとどけて、うちのハムスターはときどき消えて、どこかに行って、もどってくるんですが、そのハムスターが持ってきちゃったみたいで、こんな指輪がケージに入っていたんです、なんていったら、おまわりさん、どうするでしょうか。

『たぶん、きみのお母さんのものじゃないかな。交番であずかっておくから、帰って、お母さんにきいてごらん。たぶん、お母さんのものだから、いっしょに交番にきてもらいなさい。』

っていうにきまってます。

わたしは、シンちゃんのことで、お母さんをまきこむことはいやだったのです。

それでわたしは、新しくしたおがくずの中に、指輪をうめておきました。

つぎの日曜日、わたしがケージをそうじすると、その指輪はなくなっていました。でも、そのかわり、なんにも石がついていない金色の指輪が見つかったのです。

わたしはまた、新しくかえたおがくずの中に、その指輪《ゆびわ》を入れておきました。ところが、つぎの日曜日には、その指輪はまだおがくずの中にあり、そのほか、細い金色のネックレスが見つかりました。

そのつぎの週には、金色の指輪とネックレスはなくなっていて、こんどはルビーのような赤い宝石《ほうせき》がついた指輪が見つかりました。

そうやって、毎週、日曜日の夜に、シンちゃんのケージのそうじをするたびに、指輪やネックレス、それから小さなブローチなんかも、見つかったり、なくなったりしたのです。

今だってそうです。先週は、茶色い石のはまった指輪があったのに、きのうの夜には、それがなくなっていて、濃《こ》いブルーの石の指輪がありました。きっとあれはサファイアです。

指輪やネックレスは、べつにどんどんふえていくわけじゃないから、いいんです。お母さんもたぶん、知らないと思います。

問題は、シンちゃんが出かけるたびに、いろいろなものを持ってきたり、持っていったりすることじゃなくて、シンちゃんの行き先です。

シンちゃんはきっと、青森《あおもり》のおばあちゃんのところに行くのです。

どうしてそう思ったかというと、夜中におばあちゃんからお母さんのスマホに電話がかかってきて、リビングで話しているのをわたしきいちゃったんです。

電話だと、お母さんはおばあちゃんのことを〈マム〉っていうんです。それで、わたしはお母さんの電話のあいてがおばあちゃんだとわかったんです。

夜中に目がさめてしまい、リビングからお母さんの声がきこえたので、わたし、自分の部屋のドアを少し開けて、話をきいちゃったんです。

お母さんは話しながら、

「いつもマムは」

とか、

「どうしてマムは」

とかっていいましたから、あいてはおばあちゃんです。

わたしがききはじめてから、電話は三十分くらいつづきました。それで、お母さんがなにをいっていたかというと、かんたんにいうと、自分たちの暮《く》らしをハムスターを使って、あれこれさぐるのをやめてほしいということでした。

お母さんは、

「マムが、杏《あん》のねずみにあれこれ密告《みっこく》させているのは、わかってるのよ。」

とか、

「杏はふつうの子として育てます。杏の教育のことで、マムには口出《くちだ》しはさせません。マムがわたしにむりやり教えたようなことは、わたしは杏には教えないし、マムにもさせませせん。」

とか、そんなふうにいっていました。

シンちゃんは、わたしのハムスターのふりをしているけれど、ほんとうの飼《か》い主《ぬし》はおばあちゃんだと思います。

今でも、ときどき、わたしのスマホに、おばあちゃんから電話がかかってきます。それはいつも、お母さんがいないときです。

おばあちゃんは、うちのベランダのバラがいくつ咲《さ》いているか知っていたり、前の晩《ばん》に、お父さんとお母さんがなにを話したかを知っていたりします。

おばあちゃんは、シンちゃんを使って、うちの暮《く》らしをさぐっているのです。なんのためにそうしてるか、はっきりはわかりません。でも、九十九パーセント、そうです。そうにきまっています。おばあちゃんから電話がかかってきても、わたしはお父さんやお母さんの話はしないし、ベランダのバラの話をしたことはありません。

お母さんが自分からおばあちゃんに電話をすることはありえないし、お母さんとおばあちゃんがあまりうまくいっていないことは、お父さんだってわかっているはずです。だから、お父さんがおばあちゃんに電話であれこれ話すはずもないのです。だから、うちのことをおばあちゃんに知らせることができるのは、シンちゃんだけなんです。

鞍森杏《くらもりあん》さんはそこまで話して、わたしの顔をじっと見つめた。

そのときわたしは気づいたのだが、鞍森杏《くらもりあん》さんの右目の瞳《ひとみ》が青みがかってて、左目の瞳は緑がかっていた。ちょっと見ただけでは、両方とも瞳は黒いのだが、よく見るとそうなのだ。

鞍森杏さんがそれきりだまってしまったので、わたしはきいてみた。

「それで、杏さんは、おばあちゃんが魔法使《まほうつか》いだと思っているのですね。」

「そうです。」

とうなずいて、鞍森杏さんはいった。

「それで、おばあちゃんはわたしを魔法使いにしたいんです。お母さんはそれをいやがっているのだと思います。お母さんはきっと、おばあちゃんに教えられて、ちょっとは魔法が使えるのかもしれませんけど、お母さんがそれらしいことをしているのを見たことはありません。」

「それで、鞍森さんは、おばあちゃんから魔法を習いたいのですか。」

ときいてみると、鞍森杏さんは、

「今はまだわかりません。お母さんはいやみたいだし。」

と答えてから、ふうとため息をついた。そして、こういった。

「ディズニーの『シンデレラ』のもとになってるグリム童話だと、やっぱり魔法使《まほうつか》いもねずみも出てこないっていうことは、うちとはぜんぜんちがうってことですよね。ずっと、うちはシンデレラと似《に》てるところがあると思ってたのに。もしかしたら、おとなになったとき、シンデレラみたいに、わたし、きれいになってるかもしれないって……。」

それから、鞍森杏《くらもりあん》さんは立ちあがり、カウンターの三冊《さつ》の本を手に持った。そして、

「それじゃあ、どうも。この本、棚《たな》に返したら、帰ります。」

といって、棚に本を返しにいった。

見ていると、鞍森杏さんは本を棚に返してしまうと、図書館の玄関《げんかん》のほうに歩いていき、ふりむきもせずに外に出ていった。

鞍森杏さんの話がほんとうのことなのかどうか、それはわからない。けれども、ひとつだけはっきりしているのは、鞍森杏さんがまだ小学四年生なのに、妙《みょう》に言葉づかいがおとなびていることだ。〈お母さん〉と〈お父さん〉と〈おばあちゃん〉をそれ

ぞれ、〈母〉、〈父〉、〈祖母《そぼ》〉にかえれば、おとなが話したのと、ほとんどかわらないではないか。

四

エレベーターのあやかし

街《まち》の商店などは、お盆《ぼん》のあいだ、三日くらい休みになるところが多いが、市立図書館は火曜日の休館日以外、お盆だからといって、休みになることはない。

けれども、お盆のあいだは来館者が少なくなるようで、わたしが働かせてもらっている市立図書館は、夏はその期間に合わせて、エレベーターの点検《てんけん》や電気設備《せつび》の修繕《しゅうぜん》を業者《ぎょうしゃ》にしてもらうことになっている。

そんなわけで、お盆に入ってすぐの日、わたしが出勤《しゅっきん》すると、工具《こうぐ》のささったベルトを腰《こし》につけた初老《しょろう》の男性《だんせい》が館内をあちこち歩きまわっていた。顔見知《かおみし》りというほどではないが、前にもわたしはその人を館内で見たことがあった。

市立図書館はできてから三十年くらいたっており、電気設備は最新式というわけではなく、天井《てんじょう》の明かりもＬＥＤではない。長い蛍光灯《けいこうとう》だ。

わたしのいる児童読書相談《じどうどくしょそうだん》コーナーのカウンターの真上の蛍光灯も、一本がときどきチカチカ点滅《てんめつ》するので、とりかえてもらうことになっていた。

だいたい、エレベーターを点検《てんけん》する人と、電気設備《せつび》の修繕《しゅうぜん》をする人がなぜ同じ人なのか、わたしは疑問《ぎもん》に思ったのだが、古くからいる図書館員の話では、いつも点検にくる人はエレベーター保守点検《ほしゅてんけん》会社の経営者《けいえいしゃ》で、電気関係の免許《めんきょ》も持っていて、いわば、エレベーターの点検のついでに、電気設備の点検と修繕もしていってくれるのだそうだ。

その図書館員がいうには、

「ここは保守的《ほしゅてき》な町だからねえ。一度そういうことになると、なかなか変わらないんだよ。うちにくるのは唐沢《からさわ》さんといって、エレベーター会社から委託《いたく》されて、エレベーターの保守点検をする会社の社長さんでね。社員も十人くらいいるんだよ。だけど、うちの図書館には、かならず唐沢さんがひとりでくるんだ。」

ということだった。

昼休みが終わってすぐ、その唐沢さんがビニールシートと新しい蛍光灯《けいこうとう》を持って、児童読書相談《じどうどくしょそうだん》コーナーにきた。そして、

「蛍光灯《けいこうとう》、とりかえさせてもらいますよ。」

といって、カウンターの上にビニールシートをしき、そこにのって、天井《てんじょう》の蛍光灯をかえてくれた。

仕事は一分もかからなかった。蛍光灯をとりかえてしまうと、唐沢《からさわ》さんはカウンターの上のビニールシートをたたみ、ひととおりカウンターの上を布《ぬの》でふいてくれた。

それから、蛍光灯の近くにつりさげられている〈児童読書相談《じどうどくしょそうだん》コーナー〉という看板《かんばん》を見あげてから、腕時計《うでどけい》にちらりと目をやった。そして、わたしの顔を見て、唐突《とうとつ》にいった。

「孫がいてね。」

唐沢さんは、孫がいてもおかしくない年だ。

「そうですか。」

とわたしがいうと、唐沢さんはいった。

「小学校の二年生なんだけどね。あんまり本を読まないんだよ。こまったもんだ。人間、やっぱり本は読まんといかんからね。ここでちょっと相談《そうだん》にのってもらうかな。」

「もちろん、かまいません。どうぞ、おすわりください。」

わたしがカウンターの席をすすめると、唐沢《からさわ》さんは、

「じゃあ、道具を車にしまって、書類に判《はん》をもらったら、もどってくるよ。」

といい、いったんカウンターをはなれ、十分くらいするともどってきて、わたしの前にすわった。

そのときまでにわたしは、小学校低学年に人気のある本を何冊《なんさつ》かカウンターに用意しておいた。そのなかにおばけの本もあった。おばけは子どもに人気があるのだ。その本の表紙に目をやって、唐沢さんが、

「うちの孫、男の子なんだが、こわがりなくせに、おばけが好きなんだがね。嫁《よめ》にそういう本を読んでくれってせがむんだが、自分じゃ読まないんだよ。あ、嫁ってったって、孫の嫁じゃなくて、せがれの嫁だよ。つまり孫の母親だ。」

といったので、わたしはおもわず笑ってしまった。

小学校二年生の孫が結婚《けっこん》しているはずがないではないか。

わたしが笑ったので、唐沢さんは自分でもおもしろくなったようで、

「ははは。」

と笑ってから、

「あれ、不思議なもんだね。工業高校の同級生で、このあいだ孫が結婚《けっこん》したやつがいてね。そいつ、せがれの奥《おく》さんのことは嫁《よめ》っていうのに、孫のだと、お嫁さんっていうんだ。このあいだ、ふたりで飲んだときに、

『嫁がお嫁さんのこと、あまり気にいらないようなんだよなあ。』

なんていってね。」

といって、また笑った。

唐沢《からさわ》さんは陽気《ようき》な人らしい。

わたしは本に話をもどして、いった。

「お孫さん、おばけに興味《きょうみ》があって、本をお母さんに読んでもらっているなら、自分でもおばけの本を読むようになるんじゃないですか、うまくやれば。」

すると、唐沢さんは真顔《まがお》にもどって、いった。

「うまくって、どうやればいいのかね。」

「子どもに読書の習慣《しゅうかん》をつける特効薬《とっこうやく》っていうのはないみたいで、親御《おやご》さんはいろいろやってみるようなんです。そのなかで、こういうのがあるんです。まず、漢字の少ない本を選ぶ。漢字があっても、ルビ、つまり、ふりがながふってあればいいんです。それから、絵のたくさんある本にする。できれば、どの見開《みひら》き、あっ、本の左右のページを見開きっていうんですが、どの見開きにも絵がある本がいいんです。絵本じゃなくても、挿し絵《さえ》の多い本がありますからね。たいていの子どもは字より絵が好きです。だから、つぎつぎにページをめくって、絵をどんどん見たいんです。そこに字がたくさん書いてあるから、めんどうになり、本を読まなくなるようです。」

「なるほど、そりゃあ、おとなもそうかもしれんな。新しい電気製品《せいひん》のマニュアルだって、字よりも絵や写真をさきに見るからねえ。字がいっぱいじゃあ、うんざりするね。それで？」

「そうです。おとなも子どもも、基本的《きほんてき》にはそうはかわらないのです。たとえば、展覧会《てんらんかい》で絵を見て、いいなと思ったとしますよね。すると、それにひかれて、その下に書かれている題名とか、ちょっとした説明文なんかを読んでみたくなりますよね。」

「たしかに。」

とうなずいてから、唐沢《からさわ》さんはすぐに、

「あ、なるほど、そういうことか。つまり、本に書かれている字は、絵の説明文みたいなもんだってことか。」

と納得《なっとく》した。

「そうです。」

わたしがうなずくと、唐沢さんはまた笑い、

「だけど、そんなことといったら、本を書いている人が怒《おこ》るんじゃないか。おまえの文《ぶん》章《しょう》なんか、絵の説明文みたいなもんだなんて。」

といった。

わたしは、

「説明文だって、おもしろいのもあれば、つまらないのもありますからね。」

といってから、説明をつづけた。

「絵本とか、幼年童話《ようねんどうわ》っていうジャンルの本は、そういうものだって思ったほうがい

いんです。だけど、絵だって、つづけて何枚《なんまい》も見たら、あきてくるかもしれません。だから、あんまり長い話にしないで、ページを五、六回めくったところで、ひとつの話が終われば、あきないうちに、ああおもしろかったたってことになるんです。四コマ漫画《まんが》ってあるでしょ。五コマ漫画とか、六コマ漫画ですよ。」

「ほうほう。それで。」

唐沢《からさわ》さんがカウンターに身をのりだしてきたので、こちらもだんだん熱《ねつ》が入ってきた。

「まだ字なんかまるで読めない一歳《さい》前後の子どもでも、ページをめくることはできるんです。字を読んでいるどころか、絵を、よく見ているわけでもなくて、ただ、ページをめくるだけなんです。これについては、乳児《にゅうじ》でも、手先が器用《きよう》になるにつれて、ページをめくることが快感《かいかん》になってくるという証拠《しょうこ》だという人もいます。人間は生まれつき、ページをめくるのが快感なのではないかということです。ページをめくる、すると、新しいものがあらわれる、これがおもしろいのではないかってことです。」

それは、大学生のときに、つきあっていたガールフレンドがいっていたことの受《う》け売《う》りだった。

わたしは説明をつづけた。

「しかし、ページをめくることが本を読むことではありませんからね。めくるだけではなくて、読んでもらわないといけません。そこでですね。最初は一冊《さつ》一話ではなく、一冊にいくつもお話が入っているような本がいいと思います。そして、ここからがだいじなんです。これは、小学校の先生がよく使う手らしいんですけど、そういう本の中の一話だけ、クラスの子に読んであげると、なかには、つぎの話も知りたくなって、図書室で同じ本を借りてきて、そのさきを読んだりする子がいるそうです。それは、家庭でも応用《おうよう》できます。お孫さんに一話か二話読んであげて、あとは、そのへんにその本をおいておくんです。それで、そのあとをお孫さんが読んでくれたら、しめたものってことです。」

それもガールフレンドからの受《う》け売《う》りだった。

わたしはさらにいった。

「けれども、ここでひとつだいじなことがあるんです。その手を使うときに、つまらない話の本を読んではいけないということです。つまらない話だと、子どもたちは先を知りたいと思ってくれません。じゃあ、どういう話が子どもにとっておもしろいかってことになりますが、おとなが読んでみて、おもしろかったら、それで試してみるのがいいと思います。たとえば、これですが……。」

わたしはそういって、カウンターにつんでおいた本の中から、その方法に適《てき》したおばけの本を選んで、その本を唐沢《からさわ》さんにすすめた。

「よし、それじゃあ、さっそく今夜からやってみるよ。」

といって、その本のページをペラペラとめくった。そして、いった。

「たしかに、ページをめくるっていうのは、楽しいね。でも、これ、こわすぎたりはしないかね。」

「だいじょうぶです。その本は、そんなにこわくはありません。」

「それならいいが、さっきもいったように、うちの孫はおばけの話が好きなくせに、こわがりなんだよ。今、うちの会社の経営《けいえい》は、せがれがついでいて、わたしはこの図書館とか、むかしから行っているところだけにしてるんだがね。いずれはせがれのあとを孫がつぐことになると思うんだ。もちろん、孫にその気があればの話だけどねえ。でも、この仕事は、こわがりだとつとまらないんだよ。」

エレベーターや電気設備《せつび》の保守点検《ほしゅてんけん》の仕事が、どうしてこわがりだとつとまらないのか、わたしは疑問《ぎもん》に思った。そこで、

「どうしてですか？」

ときいてみた。

すると、唐沢《からさわ》さんは答えた。

「ほら、今なんかは、こうして、図書館がやっている時間にきて、エレベーターやほかの設備を点検したりするだろ。でもね。場所によっては、たとえばそれが商業施設《しょうぎょうしせつ》だったりすると、お客がいないときにしたりするんだよ。そうなると、たいていは夜で、仕事がてまどったりすると、夜中になってしまうことがある。しかも、たいていはひとりだからね。多くても、せいぜいふたりだ。ふたりでやったって、手わけしてするからね。たとえば、ショッピングモールなんて、昼間は人がいっぱいだけど、夜はせいぜいガードマンがいるだけだろ。そのガードマンだって、ずっとこっちにつ

きっきりってわけじゃないからね。『終わったら、声かけてください。』とかいって、あとはほうっておかれるわけだ。だいたい、昼間、人の多いところっていうのは、夜になると、いろいろ不思議なことが起こるからねえ。まあ、なれちまえば、どうってことないけど。」

そんなふうにいわれると、その〈いろいろ不思議なこと〉というのがどういうことなのかききたくなる。

そこでわたしが、

「不思議なことって、どんなことです?」

ときいてみると、唐沢《からさわ》さんは、

「だから、いろいろだよ。たとえば……。」

といって、話しはじめた。

たとえば、エレベーターだけどね。エレベーターの点検《てんけん》っていうのは、それぞれエレベーターの機種《きしゅ》ごとにマニュアルがあるんだよ。それで、それに合わせて、点検員は仕事をするわけだけど、なんていうかな、点検を開始する前の自分の儀《ぎ》式《しき》みたいなのを、それぞれの点検員が持っているんだ。もちろん、そんなのはなくて、マニュアルどおりに始めて、マニュアルどおりに終わらせるという人もいるがね。

たとえば、たいていの点検員はまずそのビルにいったら、一階でボタンを押《お》して、エレベーターを呼《よ》ぶ。エレベーターが一階にいれば、すぐにドアが開くし、ほかの階にいれば、くるのにちょっと時間がかかるだろ。その待っているあいだ、合掌《がっしょう》していて、エレベーターのドアが開いたとき、柏手《かしわで》を打《う》つ者《もの》がいたり、一階じゃなくて、わざわざ二階とか、三階まで階段で行って、そこでエレベーターを呼ぶという者もいる。

わたしの場合は、べつに柏手を打ったり、わざわざほかの階に行ったりはしない。まず、一階でエレベーターを呼び、きたら、最上階のボタンを押す。そして、最上階についたら、一階のボタンを押《お》して、下にさがる。地下階があれば、地下階までおりていく。そして、つぎに、ぜんぶの階のボタンを押して、ぜんぶの階に止まりながら最上階にあがり、あがったら、またぜんぶのボタンを押して、ぜんぶの階に止まりながら、一番下の階におりてくるんだ。

べつにわたしは縁起《えんぎ》をかついでいるわけじゃない。直通《ちょくつう》の往復《おうふく》と各階止《かくかいど》まりの往復のあいだ、耳をすませて、異音《いおん》を発見するためだ。まあ、それをやってから仕事にかかると、なんだか安心するっていうことじゃ、縁起かつぎに似《に》ているところもあるね。

エレベーター点検《てんけん》で大きな故障《こしょう》が見つかることはあまりない。おかしなところがあっても、たいていはちょっと調整《ちょうせい》すれば、それでオーケーだ。でもね、とくに故障があるとも思えないのに、奇妙《きみょう》なことが起こったりすることもある。

たとえばね。ビルを造《つく》るときに、エレベーター会社の工事人がまちがえて、六階建てのビルの一階のエレベーターのドアのパネルに、地下階がないのにBから6までのものをつけてしまったことがあってね。地下階をあらわすBはいらないよね。だって、地下階はないんだから。

もちろん、それはすぐに気づかれたんだけど、ちゃんとしたパネルがまにあわなくて、ビルはできあがって、エレベーターはもう使われているのに、一階のパネルだけはBから6のものがついていた。二週間くらいして、ちゃんとしたパネルができあがってきて、つけかえたんだけど、その日から、ビルによくないことが起こりはじめたんだ。

階段《かいだん》から落ちる人がいたり、ボヤを出す部屋があったり、夜、空《あ》き巣《す》ねらいが入ったり、非常口《ひじょうぐち》が開かなくなったりね。それから、エレベーターも不調《ふちょう》で、一階から乗って二階にあがるのに、何分もかかったりね。もちろん、エレベーターをしらべたが、異常《いじょう》はないんだ。そうそう。六階の部屋の窓《まど》ガラスが割《わ》れて、ガラスが地面に落ちたっていうこともあった。

それで、ビルのオーナーさん、つまり、持《も》ち主《ぬし》が気味悪《きみわる》がって、占《うらな》い師《し》に見てもらったところ、その占い師が、ビルの一階にアルファベットのBがないから、よくないことが起こるんだって、そういったそうなんだ。そこで、パネルをもとのにもどしたってわけだ。そうしたら、不都合《ふつごう》なことはぴたりとやんだ。ところが、それからというもの、午前零時《れいじ》になると、エレベーターがどこの階にいても、一階のドアの上にあるパネルの表示《ひょうじ》が、たとえば、三階にいたら、3、2、1とさがっていって、最後にBがつくんだよ。じっさいには、エレベーターは動いてなくて、三階にいるままなんだ。Bのランプが点灯《てんとう》しているのはほんの数秒《すうびょう》で、1、2、3というふうに、もとの階にもどっていく。

それはやはり、オーナーさんが見つけて、それで、経験《けいけん》を買われ、わたしの出番ってことになって、わたしはそのビルに出むいていった。

午前零時より前に行って、オーナーさんとふたりで一階で待機《たいき》していた。そのとき、ドアの上のパネルは5が点灯《てんとう》していた。零時数分前になったとき、わたしはオーナーさんを一階に残し、ひとりで五階にいって、エレベーターのボタンを押《お》した。

ドアが開き、わたしは中に入った。

どこのボタンも押さなかったが、それでも、もちろんドアは閉《し》まる。

そのエレベーターは、行き先ボタンのパネルの上に、そのときの階の数字が電《でん》光表示《こうひょうじ》されるもので、その階でエレベーターが止まると点灯《てんとう》し、通過《つうか》のときは点《てん》滅《めつ》するというものだ。

電光表示の数字は5だった。

腕時計《うでどけい》を見ながら、待っていると、午前零時《れいじ》になった瞬間《しゅんかん》、ドアが開いた。

わたしはエレベーターの真ん中に立っていたのだが、その瞬間、大勢《おおぜい》の人が乗ってきたみたいに、ドアのほうから、うしろの壁《かべ》に押《お》された。まるで、すいている電車に、駅でお客がたくさん乗ってきたような感じだった。

見えないなにかというか、見えない人たちに、わたしは壁に押しつけられ、ほとんど身動きできなくなった。

ドアが閉《し》まった。

エレベーターが動きはじめる音がした。

電光表示を見ると、5が消えたあと、4が点滅した。4が消えると3が点滅しだし、3が消えて、2の点滅になった。2の点滅が消え、1が点滅しはじめた。

つぎはBが電光表示《でんこうひょうじ》されるのだろうかと、じっと見ていると、1が消えると、Bが表示されることもなく、2の点滅《てんめつ》がはじまることもなかった。

電光表示の小さな窓《まど》は黒くなったままだ。

十秒《びょう》ほどたった。それから1が点滅し、2、3、4と点滅がかわり、最後に5が点灯《てんとう》した。

エレベーターが動く音がしていたし、パネルの点灯数字はかわるから、エレベーターが動いていると、ふつうなら、そう思ってしまうだろ。しかし、こっちはエレベーターのプロだ。じっさいに動いているかどうかは身体《からだ》でわかる。そのとき、エレベーターは、音はしても、また、階の表示がかわっても、絶対《ぜったい》に動いていなかった。

点灯が5にかわるとすぐドアが開いた。すると、満員《まんいん》電車から人がつぎつぎにおりていったみたいに、圧迫感《あっぱくかん》がなくなり、わたしは身体を動かせるようになった。わたしはエレベーターからおりてみた。外のドアの上の表示は5だった。

わたしは階段で一階におりていくと、オーナーさんに、一階のパネルがどうなったかたずねた。すると、零時《れいじ》ちょうどに、5、4、3、2、1、Bと点灯箇《てんとうか》所《しょ》がかわり、ふたたびB、1、2、3、4、5となっていったということだった。

わたしは、エレベーターの中で、見えない何者《なにもの》かに身体《からだ》を壁《かべ》に押《お》しつけられたことをオーナーさんに報告《ほうこく》した。

そのとき、オーナーさんは、

「そうでしたか。」

といっただけだった。

そのあと、三十分くらい、わたしとオーナーさんはそのビルにいて、エレベーターをしらべたが、とくに異常《いじょう》は見つからなかった。それでその日はおしまいにし、後日また調査《ちょうさ》することになったのだが、二日後、オーナーさんからわたしに電話があり、前夜、つまり、わたしたちがしらべたつぎの日の夜中、オーナーさんはビルに行って、午前零時《れいじ》にエレベーターに乗ったそうで、そのとき、エレベーターは四階にいたのだが、階こそちがうが、オーナーさんはわたしと同じ経《けい》験《けん》をしたそうだ。

だが、わたしの経験《けいけん》とはひとつだけちがうところがあった。オーナーさんは押《お》しつけられているあいだ、ずっと大勢《おおぜい》の人の声がきこえていたというのだ。男の声もあれば、女の声もあったという。それで、みなで声をそろえ、

「いいだろ、いいだろ、一日一度、真夜中に、使ったって、いいだろ、いいだろ。」

と、くりかえして、ずっといっているのだそうだ。

もちろん、声の正体《しょうたい》はわからない。

もし、だれかが午前零時《れいじ》にうっかりエレベーターに乗ってしまっても、壁《かべ》に押《お》しつけられるだけだろうし、もうほうっておくことにしたから、これからは定期《ていき》点検《てんけん》だけでいいと、オーナーさんがいうものだから、結局、それからそのビルには、定期点検にしか行ってない。

どうして、わたしのときは声がきこえなかったのに、オーナーさんが行ったらきこえたのか、その理由は見当《けんとう》がつくよ。

午前零時から数十秒、そのエレベーターを使うのがだれにせよ、それを許可《きょか》す

る権限《けんげん》はわたしにはないからねえ。権限があるのは、オーナーさんだから、わたしにいってもしょうがないってことじゃないだろうか。

今の話は夜中のことだが、昼間だって、安心できるわけじゃない。あるマンションのエレベーターだがね。午前中に点検《てんけん》に行き、いつもどおり、一階でエレベーターに乗ろうとすると、ドアが開いたとき、中に中学生くらいの女の子が乗っていたんだ。

その子は一階でおりようとしないから、最初は、どこかの階から乗って、上に行こうとしたところ、わたしが一階でボタンを押《お》してしまったものだから、下におりてきてしまったのだろうと、そう思ったよ。

その子は濃《こ》い緑色の地《じ》に、白い菊《きく》の柄《がら》のワンピースを着ていた。丈《たけ》は膝丈《ひざたけ》で、ミニスカートじゃない。

エレベーターの左の奥《おく》に立っていたんだが、いまどきめずらしいおかっぱ頭でね。髪《かみ》をおでこで切りそろえていて、きれいな顔立ちをしていた。よく、お人形《にんぎょう》さんみたいっていうだろ。その子の顔、日本人形みたいだったよ。

うちの女房《にょうぼう》の道楽《どうらく》は着物でね。そのせいで、こっちも着物や反物《たんもの》にくわしくなってしまったんだが、その子が着ていた緑色のワンピースの布地《ぬのじ》は絹《きぬ》にちがいなかった。しかも、洋服用の布地《ぬのじ》じゃなくて、あれは和服の布で作ったものだ。白い菊《きく》の柄《がら》っていったって、小さな菊がちりばめられているんじゃない。大きな花が一輪《りん》だけ、染《そ》めあげられてるんだよ。

こりゃあ、友禅《ゆうぜん》だなと思ったよ。しかも、加賀《かが》友禅じゃなくて、本場の京《きょう》友禅だ。友禅でつくったワンピースなんて、見たことあるかい。そりゃあ、芸能人《げいのうじん》が舞台《ぶたい》で着るようなことはあるかもしれないが、そんなの、街《まち》で見たことはないだろ。

それからね。その子の立ち方がふつうじゃないんだ。小学校と中学校で、朝礼《ちょうれい》のときなんかにやらされる気をつけの姿勢《しせい》があるじゃないか。あれなんだよ。まっすぐに背《せ》を伸《の》ばして、まるで身長でも計《はか》っているみたいな立ち方をしているんだ。

しかしまあ、世の中にはいろいろな人がいるし、気をつけの姿勢《しせい》でエレベーターに乗っちゃいけないっていう法律《ほうりつ》があるわけでもないし、だれかに文句《もんく》をいわれる筋合《すじあ》いはないけれど、奇妙《きみょう》に見えるだろ。

それで、わたしが行き先の最上階のボタンを押《お》そうとして、パネルに目をやると、どのボタンも点灯《てんとう》してないいんだ。そのマンションは十二階建てなんだが、どのボタンも光っていない。

上からおりてきて、一階についたとき、どこかの階に行こうとしてボタンを押《お》せば、その階のボタンは点灯しているはずだから、その子、どのボタンも押してないってことだ。わたしとしては、いつもの流儀《りゅうぎ》で、まずノンストップで最上階に行きたいんだが、ほかに乗っている人がいれば、そうもいかない。それで、パネルのそばにいって、

「何階ですか?」

ってきいたら、その子、だまってるんだよね。証明《しょうめい》写真みたいな無表情《むひょうじょう》で。

そうそう。その子、左の奥《おく》に立っているっていったけど、厳密《げんみつ》にいうと、左の奥の角で対角線《たいかくせん》方向をむいて立っているんだ。そのエレベーターのボタンはドア

のほうから見て、左側についているから、パネルの前に立つと、その子は真うしろになる。その立ち位置《いち》で、対角線方向をむき、直立不動《ちょくりつふどう》で立って、目だけこちらにむけてるんだ。こっちを横目で見ている形だ。それでね、その子、返事をしないんだよ。だから、わたしはもう一度、

「何階ですか？」

ってきいてみた。

けれども、やっぱりその子は返事をしない。

まだ、点検作業《てんけんさぎょう》に入っているわけじゃないし、まあいいかと思って、最上階に行き、ドアが開いたところで、その子を見ると、やはり、同じ姿勢《しせい》で、無表情《むひょうじょう》な横目でこちらを見ているだけなんだ。おりようとしないんだよね。

そこで、わたしが、

「これから、エレベーターの点検をするので、しばらくエレベーターは止まります。行き先は何階ですか？」

ってきいたんだよ。

だけど、やっぱりその子、横目でこちらを見てるだけで、なにも答えない。

わたしね、そのとき、ちょっとためしてみたんだ。行き先ボタンのパネルがないほうに移動《いどう》したら、その子どうするだろうかってね。やってみたら、その子、顔のむきはかえずに、目はこちらにむけたんだ。つまり、ずっとわたしを見てるんだよ。

どのみち、点検作業《てんけんさぎょう》に入ったら、その子にはおりてもらわなければならない。一階について、もし、おりようとしなければ、管理人《かんりにん》を呼《よ》んできて、なんとかしよう。

そう思いながら、わたしは1のボタンを押《お》した。

エレベーターは異音《いおん》をたてることもなく、下におりていく。

わたしは、ずっとドアの上のパネルを見あげていた。

うしろにいる女の子の姿《すがた》は視界《しかい》に入らないけれど、そこにいるのは気配《けはい》でわかった。

一階について、ドアが開いた。

わたしは(開)のボタンを指で押し、女の子のほうにふりむいて、

「一階ですよ。」

と声をかけた。

そのとき、わたしはそこに女の子がいなかったら、いやだなあと思ったんだよ。

でもね、そんなことはなくて、その子はもとの場所にいた。

もし、女の子が消えていたら、その日の点検《てんけん》はできなかったかもしれないね。

ちゃんといてよかったと思ったが、やはりその子がおりようとしないから、わたしはもう一度、

「一階ですよ。」

といった。

それでも、その子はこちらを見て、じっとしているんだ。

三度目にわたしはいった。

「一階ですよ。これから、このエレベーター、点検するので、おりてもらえませんか。」

それで、その子がおりなかったら、管理人《かんりにん》を呼《よ》びにいこうと思っていたら、その子、歩きだしたんだ。こんどは顔もこちらにむけて、歩きながら、ずっとわたしを見ていた。だから、エレベーターを出るときなんか、首のまげかたがかなり不自然《ふしぜん》だったよ。

わたしの横をとおりすぎたとき、ふわっと、お香《こう》のかおりがした。

おりてくれてよかった。

まあ、ちょっとかわった子が乗っていただけだと、わたしはほっとした。

でもね、ほっとするのも束《つか》の間《ま》っていう言葉があるだろ。まさにそれだった。

その子、エレベーターをおりると、くるりとふりかえり、正面《しょうめん》からわたしを見た。

そしてその瞬間《しゅんかん》、消えてしまったんだよ。

目の錯覚《さっかく》かと思って、わたしはすぐに外に出た。けれども、右を見ても、左を見ても、その子はいない。

わたしはふだん、ひとりごとなんかいったことはないんだが、そのときばかりは、口から言葉が出てしまった。

なんていったかっていうとね。

「まあ、いいか。」

っていったんだよ。

その子がかりにこの世《よ》の者《もの》ではないにしても、ともあれ、おりてくれたんだからね。エレベーターの中で消えたんなら、見えなくなっただけで、まだそこにいるかもしれないだろ。だけど、おりてから消えたのなら、もうエレベーターの中にはいないと考えていいだろう。だれかをエレベーターに乗せたまま点検《てんけん》してはいけないことになってるんだよ、規則《きそく》でね。

わたしはいつもどおりの手順でエレベーターを点検し、異常《いじょう》のないことを確認《かくにん》してから、管理人室《かんりにんしつ》にいった。

もちろん、わたしは緑色のワンピースを着ている女の子について、管理人にあれこれたずねることはしなかった。だって、そうだろう。わたしの仕事はエレベーターの点検であって、乗っている人の点検じゃないからね。

そのマンションのエレベーターのつぎの点検のとき、また、その子がエレベーターに乗っているかなと思ったけれど、いなかったよ。そのあとも、ずっとその子には会っていない。

まあ、この仕事をしていると、そういうことはたまにあるんだよ。もし、孫がわたしの会社をついでくれたら、社員ばかりじゃなくて、自分でエレベーターの点検《てんけん》をしなくちゃならなくなるだろ。だから、こわがりじゃだめなんだ。そんなことでビビってたら、仕事にならないよ。

あ、そうそう。いまどきのマンションって、エレベーターのドアにガラスがはめられていて、外から中が見えるようになってるよね。もちろん、中から外も見える。

そういうエレベーターの点検で、手はじめに、一階から最上階に直行するとき、どの階を通過《つうか》するときも、エレベーターホールに同じ人がいて、こっちを見ていることがあるんだよ。ふたりか三人なら、双子《ふたご》とか三つ子とかいるからね。そういうこともあるかもしれないって思えるけど、十六階建てのマンションだったらどうかね？　やっぱりこの世《よ》の者《もの》じゃないよね。それはね、男のこともあれば、女のこともある。

あ、そうそう。階から階にあがったり、おりたりするとき、コンクリートの見えるところを通過《つうか》するよね。あのとき、ガラスを見ると、自分のうしろにだれか立っているのが映《うつ》っていることもある。ふりむくと、だれもいないんだけどね。まあ、だれもいないと思っても、いるってことだよね。そういうときはどうするかっていうと、そのときは点検《てんけん》をやめて、時間をずらしてはじめると、たいていは、自分しか映らなくなるんだ。

だから、さっきの緑色のワンピースの女の子のときなんかは、おりてから消えてくれたから、ほっとしたってわけだ。

唐沢《からさわ》さんはそこまで話すと、おもしろそうに声をあげて笑い、

「そうそう。この図書館のエレベーターじゃあ、そういうことが起こったことはないから、だいじょうぶ！」

といいたした。

わたしは、

「だけど、そういう不思議なことはしょっちゅうあるんですか？」

ときいてみた。

すると、唐沢《からさわ》さんは天井《てんじょう》を見あげ、

「そうだなあ……。」

とつぶやいてからわたしの顔を見た。そして、こういった。

「そんな、しょっちゅうはないよ。せいぜい、一年に一回か、二回くらいかな。もっとも、このごろはあんまり自分じゃ、点検《てんけん》作業《さぎょう》をしなくなっているから、そんなに多くはないがね。」

それから、唐沢さんは腕時計《うでどけい》に目をやり、

「おっ！　もうこんな時間か。つぎの仕事に、まにあわなくなる。」

といって立ちあがった。そして、さっきわたしがすすめた本を手に持ち、

「これ、借りていくことにするよ。どうもありがとう。また、こさせてもらうよ。」

といって、貸《か》し出《だ》しカウンターのほうに去っていった。

あんまり自分では点検《てんけん》作業《さぎょう》をしなくなっているといっても、唐沢《からさわ》さんは忙《いそが》しいのだろう。

五

少年の夢《ゆめ》

九月に入って、小学校や中学校の二学期がはじまると、わたしの勤務《きんむ》時間は正午から午後五時にもどった。

その日、宿題の読書感想文がらみの相談《そうだん》にくる少年少女がこないかわりに、仕事につくと三人ほどつづけざまに、小さな子どもをつれた母親がやってきて、就寝前《しゅうしんまえ》の読み聞かせ用の絵本についての相談を受けた。

三人目の母親が帰ってすぐ、黄色いTシャツにベージュの半ズボンをはいた少年がやってきて、

「ちょっといいですか。」

といって、カウンターをはさんで、わたしの前にすわった。

夏休みにたくさんの小学生と接《せっ》してわかったのだが、とくに男の子の場合、六年生は五年生にくらべ、だいぶおとなびているのだ。それが中学一年生になると、いちが

いにはいえないが、また子どもっぽくなったりする。学校でおかれている立場のちがいが、そういうところに出るのかもしれない。

その少年は、わたしが母親たちの相談《そうだん》を受けているとき、はなれたところからちらちらとこちらを見ていたから、わたしの手があくのを待っていたのだろう。

「お待たせしました。」

とわたしがいうと、

「いえ……。」

とつぶやくようにいって、いすにすわった。

そのようすで、わたしは六年生だと思った。

すわるとすぐ、少年は、

「夢《ゆめ》の本をさがしてるんですけど……。」

といった。

たいていの場合、子どもたちは自分から話しかけてくるとき、

「ええと、」

とか、

「あの、」

とかをつけて、

「ええと、夢《ゆめ》の本をさがしてるんですけど……。」

というようにいうのだが、その子は、「ええと、」や「あの、」をつけなかった。それも少年をおとなっぽく感じさせた原因《げんいん》だろう。

「夢の本といっても、いろいろ種類《しゅるい》があるのですが、どういうのをさがしているのですか？　つまり、夢を見るしくみみたいなことが書いてある本もあるし、夢うらないの本もあります。それから、夢がもつ意味みたいなことを解説《かいせつ》した本もあります。」

わたしがそういうと、少年は、

「このあいだ、フロイトっていう人が書いた『夢判断《ゆめはんだん》』っていう本を借りて、いちおう最後まで読んだんですけど、どうも……。」

といって、言葉をとぎらせた。

たぶん、むずかしかったのだろうとわたしは思ったが、

「むずかしかったですか？」

ときくのも失礼なので、だまっていると、少年はそのあと、

「いちおう最後まで読みました。でも、どうもぼくがさがしているような本じゃなかったみたいで……。」

といった。

フロイトの『夢判断《ゆめはんだん》』はけっこう厚《あつ》い本で、内容《ないよう》も、たぶん小学生にはむずかしいだろう。最後まで読みとおしただけでも、少年がなかなかの読書家だということをうかがわせた。

わたしはいった。

「そうですか。それじゃあ、夢のどういうことが知りたいのですか。それによって、選ぶ本がちがってきます。」

少年はちょっと間《ま》をおいて答えた。

「たとえば、正夢《まさゆめ》とかのことです。」

「正夢っていうと、夢で見たことが現実《げんじつ》に起こるっていう？」

「夢《ゆめ》で見たことがほんとうに起こるっていうより、夢で見たことがほんとうに起こっていたっていったほうがいいんですが、そういうことが書いてある本をさがしているんです。」

「夢で見たことがほんとうに起こるんじゃなくて、夢で見たことがほんとうに起こっていたということは、つまり、たとえば、友だちがある本を買う夢を見たら、じっさいに何日か前に、そんなことは知らなかったのに、その友だちがその本を買っていたということですか?」

わたしの問いに、少年はいくらか首をかしげて答えた。

「だいたい、そういうことかもしれないんだけど……。」

夢の予知力ではなく、夢で見たことが現実《げんじつ》に起こっていたということになると、その方面はどういうジャンルになるだろうか……。

わたしが考えていると、少年がいった。

「でも、それとちょっとちがうんです。そのたとえでいうと、本を買っていたのは友だちじゃなくて、自分なんです。」

わたしはきいてみた。

「というと、ある日、自分が本を買ったら、その晩《ばん》に、自分がその本を買う夢《ゆめ》を見たということですか。」

そういうことなら、べつに不思議ではないし、前日の体験《たいけん》を夢が再現《さいげん》することはめずらしくないだろう。それなら、少年にふさわしいのは夢のしくみについての本だなと思った。

ところが、少年はわたしの問いに、こう答えたのだ。

「いえ、そうじゃなくて、そのたとえだと、自分が本を買う夢を見たら、前の日、じっさいにその本を買っていたということなんです。」

「自分が本を買う夢を見たら、前の日にその本を買っていた?」

「そうです。本じゃなくて、べつのものですけど。」

「べつのもの?」

「はい。本じゃなくて、ガムです。」

「すると、ガムを買う夢を見たら、前の日にガムを買っていたということ?」

「はい。」

「ガムを買ったら、ガムを買う夢《ゆめ》を見たんじゃなくて？」

「そうです。ガムを買う夢を見たら、ガムを買っていたということです。」

「どうも、あなたがいっていることがよくわからないんだけど……。」

わたしが正直《しょうじき》にそういうと、少年は、

「そうですよね。ちゃんと話さないとわかりませんよね。それはこういうことなんです……。」

といって、話しはじめた。


最初は、今いったとおり、ガムでした。

一学期の終業式の日、ほんとうは学校の帰りにお菓子《かし》を買うのは禁止《きんし》なんですけど、ぼくはスーパーによって、チョコレートを買いました。ふつうの板《いた》チョコです。チョコレートは冷蔵庫《れいぞうこ》に入れると、味がちょっと落ちちゃうんですけど、

部屋においておいて、グニャグニャになるよりいいから、ぼくはうちに帰ってきてすぐ、買ったチョコレートを冷蔵庫《れいぞうこ》に入れました。

その日は、お母さんがおやつにゼリーを作っておいてくれて、おやつにそれを食べたので、チョコレートは冷蔵庫に入れっぱなしでした。その日は食べなかったんです。

それで、つぎの日、もう夏休みが始まってましたから、ちょっと寝坊《ねぼう》して、お母さんに起こされる前に夢《ゆめ》を見たんです。っていうより、正確《せいかく》には、夢を見ているときに、起こされたんです。

それがどんな夢かっていうと、前の日にチョコレートを買ったスーパーで、チョコレートじゃなくて、ガムを買った夢でした。それで、スーパーを出て、あっ、ガムじゃなくて、チョコを買いにきたのに、どうしてガムなんか買っちゃったんだろうって、そう思ったんです。それで、スーパーにもどって、かえてもらおうかなって考えているとき、お母さんに起こされたのです。

べつに朝起きて、すぐにチョコが食べたかったわけじゃないんですけど、なんとなく気になって、ぼくは台所にいき、冷蔵庫《れいぞうこ》を開けてみました。そうしたら、そこにはチョコじゃなくて、ガムが入っていたんです。それも、ぼくが夢《ゆめ》で買ったガムです。

ぼくは冷蔵庫からそのガムを出して、近くにいたお母さんに見せ、

「このガムだけど……。」

って、そこまでいったら、お母さんは、

「チョコじゃなくて、ガムなんて買ってくるの、めずらしいね。学校で、はやってるの？　だけど、ガム、あんまり好きじゃないでしょ。」

といったんです。

ぼくは、

「このガムだけど、どうしたの？　ここにチョコ入れておいたんだけど、知らない？」

ときこうと思ったんですけど、お母さんはぼくがガムを買ってきて、そこに入れたと思っているみたいでした。

ぼくは、あんまりガムが好きじゃありません。友だちが噛《か》んでいるのを見ても、よく口が疲《つか》れないなと思うくらいです。

うちはお父さんが単身赴任《たんしんふにん》で東京にいっていて、週末じゃないと帰ってこないから、その日も前の夜も、うちにはお母さんとぼくしかいませんでした。

もしかして、夜中にどろぼうが入って、チョコをガムとすりかえたのかと思いましたが、そんなことをするどろぼうがいるとは思えません。

いちおう、ぼくはお母さんに、

「冷蔵庫《れいぞうこ》にガム入れたの、ママじゃないよね。」

ときいてみました。

そうしたら、お母さんは、

「ガムなんて、冷蔵庫に入れないよ。ちょっとくらい暑くても、チョコレートみたいに、やわらかくならないし。それに、うちにガムなんか、あったっけ?」

といって、この子どうかしちゃったんじゃないかな、というような顔でぼくを見ました。それで、ぼくはガムの話はやめ、そのガムをパジャマの胸《むね》のポケットに入れて、自分の部屋にもどりました。

そのガムは今でも、机《つくえ》のひきだしの中にとってあります。

それから何日かして、またおかしなことが起こりました。

ぼくは、再来年《さらいねん》、私立《しりつ》中学を受験するつもりです。それで、夏休みは進学塾《しんがくじゅく》の夏期講習《かきこうしゅう》を受けていました。講習は七月の終わりから二週間と、八月の終わりの一週間です。ぼくは星協《せいきょう》学園が第一志望《しぼう》で、夏休みはけっこう勉強したつもりです。夏期講習の前期、つまり、七月の終わりからのほうですけど、その何日目かに、先生に、あした漢字のミニテストがあるといわれ、うちに帰ってから、漢字の練習をしました。

つぎの朝、目がさめたとき、ぼくは夢《ゆめ》を見ていました。どんな夢かというと、塾で先生に、あしたは算数のミニテストをするといわれている夢です。

それで、その日、塾にいってみると、ミニテストがあったのは漢字じゃなくて、計算問題だったんです。

学校で同じクラスの女の子がひとり、塾でもいっしょのクラスだったので、そ

の子にぼくは、

「ミニテストって、漢字のじゃなかった？　国語の先生、そういってなかったっけ？」

ときいてみました。

すると、その子は、ミニテストの予告は国語じゃなくて、算数だったというのです。学校とちがって、塾《じゅく》では、国語と算数の先生がちがいます。

「谷井《たにい》先生、テストのことなんて、なにもいってなかったよ。」

その子はそういいました。谷井先生というのは国語の先生で、算数の先生は中《なか》林《ばやし》先生です。

計算問題なんて、前の日に練習すれば、つぎの日の試験《しけん》でいい点がとれるというものじゃないし、そのミニテストもぜんぶ正解《せいかい》でしたから、問題はなかったのですけど、ガムのときと同じで、前の日の記憶《きおく》じゃなくて、朝見た夢《ゆめ》が現実《げんじつ》に起こったことみたいになって、そういうの、釈然《しゃくぜん》としないっていうんですよね。

チョコレートを買ったつもりがガムだったとか、漢字のテストだと思ったら、計算問題のテストだったっていうと、ただの思いちがいですんじゃうかもしれませんけど、ぼくの場合、朝見た夢《ゆめ》が前の日に現実《げんじつ》にあったことで、前の日にあったはずのことがなくなっているっていうか、なんていうか、そんなことなかったみたいになってるので、ただの思いちがいとはちょっとちがうと思うんです。

そういうことが三度目に起こったのは、お盆休暇《ぼんきゅうか》で、お父さんが帰ってきていたときでした。

晩《ばん》ごはんのとき、お父さんが、あした、駅前の電気製品《せいひん》の量販店《りょうはんてん》に行って、カメラを買うから、いっしょに行こうといったんです。

べつにぼくは用事もなかったし、お父さんの買い物につきあうなんて、ふだんはあまりないことだから、なんとなく楽しそうで、もちろん、いっしょに行くことにしました。

つぎの日の朝、その日は、自分でセットした目覚《めざ》まし時計で起きたんですけど、目がさめたとき、やっぱり夢を見ていて、それは晩ごはんの夢で、おかずは前の日の晩ごはんと同じものでしたが、その夢の中で、お父さんはぼくに、一日どれだけって、時間をきめてやると約束するなら、新しく出たゲーム機とソフトを買ってやるって、そういったんです。

それで、お父さんが、

「どのソフトがいいか、きめておくように。」

といったとき、ぼくは目をさましました。

いいわすれていましたが、ぼくは、あんまりっていうか、ほとんど夢《ゆめ》を見ません。それは見ないんじゃなくて、おぼえてないだけだっていわれるかもしれません。そうかもしれないし、おぼえてないだけでもいいけれど、ぼくは夢なんて、あんまり見ないんです。

ゲーム機の夢の前に見た夢はミニテストの夢で、その前はガムを買う夢です。それくらい、ぼくは夢を見ないんです。

三度目ですから、ぼくは夢の中でお父さんがいったことがほんとうで、お父さんはぼくに、新しいゲーム機とソフトを買ってくれるつもりでいるんじゃないかと思いました。

リビングルームに行くと、お父さんは朝ごはんを食べていました。

ぼくはお父さんの前にすわって、おはようございますをいってから、

「きょう、買い物に行くって、いってたよね。」

とたしかめてみました。そうしたら、お父さんは顔をあげ、

「うん。ソフト、どれがいいかきめたか?」

といったのです。

こんどもまた、夢《ゆめ》が前の日の記憶《きおく》と入れかわっていました。

ぼくはゲームに興味《きょうみ》がないわけではありません。友だちが持っているのを借りて、やってみたこともあるし、おもしろいとも思いました。でも、ぼくはゲーム機をお父さんに買ってもらうつもりはないのです。

ぼくはどうしても、星協《せいきょう》学園に行きたいんです。だから、夏休みにゲームなんかやってる場合じゃないんです。それで、ぼくはお父さんに、ゲーム機もソフトもいらないといいました。

お父さんはなんだか、がっかりしたみたいで、

「それじゃ、なにかほかにほしいものはないのか。」

といいました。

それで、ぼくは、夏休みのあいだに、東京の神宮球場《じんぐうきゅうじょう》でスワローズの試合《しあい》を見たいっていったんです。

それで、どうなったかというと、お盆休暇《ぼんきゅうか》が終わって、お父さんが東京にもどってから、金曜日の夜に、ぼくとお母さんが特急《とっきゅう》で東京に行き、お父さんのアパートに泊《と》まって、土曜日の夜に、神宮球場にナイターを見にいきました。スワローズが三対二でサヨナラ勝ちして、うれしかったし、家族三人でナイターを見たのもはじめてだから、きっと、一生の思い出になると思います。こちらに帰ってきたのは日曜日です。

だけど、楽しかったのはいいとしたって、だからといって、夢《ゆめ》が記憶《きおく》と入れちがっちゃうのはこまります。なんだか気味《きみ》が悪いから、どうしてそういうことが起こるのか知りたいし、もう起こらないようにしたいので、そういうことが書いてある本をさがしているんです。なにかいい本はないでしょうか。

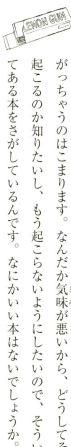

少年はそういって、小さなため息をついた。

少年は再来年《さらいねん》受験だといったから、六年生ではなく、五年生だったのだ。星協学園《せいきょう》の中学校は、このあたりではいちばん偏差値《へんさち》が高い。

それはともかく、話をきくかぎり、夢《ゆめ》で見たことが現実《げんじつ》に起こるのではなく、夢で見たことが前日の経験《けいけん》とすりかわってしまうようだ。

そういうことが書いてある本があっただろうか。

まず、わたしはそれを考えてみた。だが、そういう本は思いあたらなかった。しかし、そういってしまうと、少年はがっかりするだろうし、図書館にきて、わたしの相《そう》談《だん》の順番を待っていたようなのに、それでは身《み》もふたもないと思った。

ともあれ、なにかいわなければならないと思い、わたしは、

「そういう夢を見ることで、あなたはこまってるのですね。」

といってみた。

「そうです。こまってもいるし、気味《きみ》も悪いし……。」

と少年が答えたところで、わたしはふと自分の少年時代にあったことを思い出した。

だが、それをいう前に、わたしは少年にたずねた。

「気味が悪いというのはわかりますが、こまるっていうのは、どうしてですか?」

少年は答えた。

「だって、こまるじゃないですか。夢《ゆめ》がほんとうにあったことと入れちがっちゃうんですから。前の日にあったことが、ないことになっちゃうんですよ。」

「きのうあったことを忘《わす》れてしまったら、たとえば、テストがあるって先生にいわれたのに、すっかり忘れてしまったら、そりゃあ、不便《ふべん》かもしれません。でも、夢でわかったんだし、まあ、テストの準備《じゅんび》はじゅうぶんにはできなかったかもしれませんけど、ふだんの勉強で、なんとかなったんですよね。」

わたしがそういうと、少年は小さくうなずいて、

「まあ、そうですけど……。」

といった。

つづけて、わたしはいった。

「それから、ガムのことですけど、きらいなガムをチョコレートのかわりに買っちゃったのはちょっともったいなかったかもしれませんが、よく考えてみれば、それで、ものすごくこまったってことじゃないですよね。」

「すごくはこまらなかったけれど……。」

不服《ふふく》そうな顔をした少年に、さらにわたしはいった。

「お父さんがデジカメを買いにいこうとしていたことが、あなたにゲーム機を買ってくれようとしていることになったとしても、それが大きな問題ですか？」

「そりゃあ、たしかに大きな問題じゃないかもしれないけど……。」

といって、少年はカウンターに目を落とし、しばらくだまりこんだ。

どうやら、自分がおちいっている状態《じょうたい》で、じっさいにどれだけ自分がこまっているか、考えているようだった。

少年が顔をあげたところで、わたしは、

「たしかに、本人にしてみれば、あんまり気味《きみ》のいいことじゃないかもしれないですけどね。」

といって、少年の顔をじっと見た。

もし、ここで少年が、やっぱりこまるのだといえば、わたしは、そのことを両親が知っているかどうかきき、もしまだ知らなければ、ちゃんと話して、心理《しんり》カウンセラーか医師《いし》に相談《そうだん》することをすすめただろう。けれども、少年は、こまっていると主張《しゅちょう》せず、だまってわたしの顔を見ていた。

いちおう、わたしは、

「夢《ゆめ》のこと、お母さんかお父さんに話しましたか。」

ときいてみた。

少年は答えた。

「まだ話してません。話す前に、自分でしらべてみようと思って、本をさがしているんです。」

わたしは、カウンターの上に両肘《りょうひじ》をつき、少年のほうに少し身《み》をのりだして、まず、

「あのですね。少年期っていうか、思春期《ししゅんき》っていうか、そういうときって、ちょっと

かわったことが起こりやすいんじゃないかと思うんですよ。結論《けつろん》からいうと、すごくこまってるんじゃなければ、ほうっておけばいいような気がするんです。」

といった。

「ほうっておけばいいって、そんな……。」

少年がちょっとあきれたような顔をしたところで、わたしは自分の体験を話すことにした。


小学校六年のときだと思います。学校から帰ってきて、自分の部屋で宿題をしていて、そろそろ晩《ばん》ごはんだと思い、おかずはなにか、母にきこうと思って、台所に行ったんです。そうしたら、母が、

「お友だちはもう帰ったの？」

といったのです。

友だちなんてきていないし、ずっと部屋で勉強していたのですから、わたしは、

「友だちなんて、きてないけど。」

といいました。

すると母は、奇妙《きみょう》な笑いを口もとにうかべて、

「かくさなくたって、いいじゃない。」

なんていうんです。

べつに、かくしてなんかいないし、わたしとしては、そんなことをいわれるのは心外《しんがい》です。しかも、母はそのあと、

「女の子の声がしたよ。」

といったのです。

わたしには女の子の友だちはいなかったし、うちに男の友だちがくることはありましたが、女の子がきたことはありません。

「べつに、かくしてなんかいないよ。だれもきてないし。」

といって、わたしはおかずをききにきたことも忘《わす》れ、部屋にもどりました。

それから、半月くらいして、また似《に》たようなことが起こりました。

そのときも、学校から帰ってきて、わたしは部屋で宿題をかたづけていました。

ドアのノックのあとに、

「ちょっといいかしら？」

と母の声がしました。

ふだんから、母はわたしの部屋に入るとき、ノックをしますが、

「ちょっといいかしら？」

なんていいません。

「入るよ。」

というだけです。

もちろん、わたしが返事をしてから、母はドアを開けるのですが、

「ちょっといいかしら？」

というような、お客がきているときみたいなききかたはしません。

わたしは、

「いいよ。」

と返事をしましたが、母はドアを開けません。それで、わたしが立って、自分でドアを開け、

「なに？」

ときくと、母は部屋の中をのぞきこむようにして、

「お客さまは？」

なんていったのです。


もちろん、お客なんてきていません。

わたしは一歩しりぞいて、

「だれもきてないよ。うそだと思うなら、部屋に入ってみれば？」

といいました。


母は部屋に入ってきて、あたりを見まわしました。そして、

「おかしいな。あなたと男の人がしゃべってるのがきこえたんだけど。」

といいました。

「男の人って、どんな？」

ときくと、若《わか》い人の声ではなく、どちらかというと老人の声だったというのです。

けれども、見たとおり、だれもきていないのだから、母としては、いぶかしがりながらも、引きさがるしかありません。

そのつぎは、それからひと月ほどあとでした。

そのときも、わたしはひとりで部屋にいましたが、勉強はしておらず、ベッドに寝《ね》っころがって、マンガを読んでいました。

すると、いきなり部屋のドアが開いたのです。

見ると、母が立っています。

わたしは身体《からだ》を起こし、

「なんだよ、いきなり。」

と母にいいました。

母はだまって部屋に入ってきて、さして広くもない部屋を見まわしました。そして、こういったのです。

「おかしいな。やっぱりへんよ。たしかに、声がきこえたんだから。」

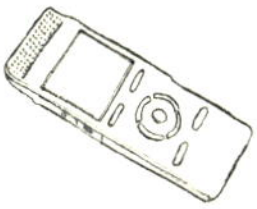

母は心配そうな顔をしていましたが、そうなると、心配をされなければならないのは母のほうです。

いきなり部屋を開けられ、わたしはかなりむっとしていたのですが、話しかたがとげとげしくならないように注意して、

「どんな声だった?」

とたずねました。

母が答えるには、わたしの声と、それから、大学生くらいの若《わか》い女の人の声だったというのです。

それで、

「廊下《ろうか》を通ったら、この部屋から話し声がきこえて、三度目だし、悪いけど、ドアの外でしばらく立ち聞きさせてもらったのよ。」

といいました。

わたしの部屋は二階で、廊下《ろうか》の奥《おく》は両親の寝室《しんしつ》になっています。

母は寝室に行こうとして、わたしの部屋の前を通ったのでしょう。

ともあれ、わたしの部屋は二階で、窓《まど》を開けると、幅《はば》が一メートルくらいの通路をはさんで、となりのうちとの境《さかい》のブロック塀《べい》があります。

たとえば、だれかがわたしと話しているところを、いきなりドアを開けられ、立ちあがって、窓から逃《に》げるというのは、それが女の大学生だろうが、男の陸上《りくじょう》競技選手《きょうぎせんしゅ》であろうが、不可能《ふかのう》です。それは母にもわかるはずです。

母はわたしにあやまり、

「ストレスがたまっているのかな。」

とかいいながら、部屋を出ていきました。

念《ねん》のため、母が出ていくとき、わたしとその女の人がどんな話をしていたかきいてみると、母がいうには、テレビドラマのことを話していたというのです。

だれも部屋でしゃべっていないのに、廊下《ろうか》にいて、声がきこえてしまうとしたら、もしかして、母は心の病気にかかってしまったんじゃないかと、わたしは心配しました。それで、父に相談《そうだん》しようかと思ったのですが、わたしの部屋から声がきこえてしまうほかは、どこにいても、いないはずの人の声がきこえるという

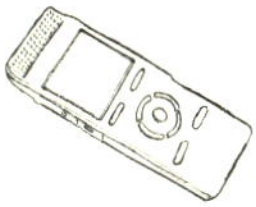

ことはないようなので、わたしは父にはいわず、しばらくようすを見ることにしました。

でも、母は母でわたしを心配したのでしょう。わたしが声色《こわいろ》をつくって、ひとり二役《ふたやく》でしゃべっているのかもしれないと疑《うたが》ったとしても、不思議はありません。母をおどかそうとして、わざとやっているならまだしも、無意識《むいしき》でやっているとしたら、これはこれで、心の病気を考えなければならないかもしれません。

四度目は、それから一週間くらいあとに起こりました。

そのときは、わたしは部屋で算数の問題を解《と》いていました。

わたしは私立《しりつ》中学ではなく、公立に行くつもりだったので、進学塾《しんがくじゅく》には行かず、たいして勉強もしなかったのですが、どういうわけか、算数の文章題がとくいで、進学塾に行っている友だちに、

「むずかしいから解《と》いてみろよ。」

といわれ、問題を一題出されていたのです。

机《つくえ》にむかって、それを解《と》いていると、こんどはそっとドアが開きました。

ふりむくと、廊下《ろうか》に母が立っています。

顔色があまりよくありません。

手になにか黒っぽいものを持っています。

母はよろけるように部屋に入ってくると、ベッドに腰《こし》をおろしました。

「また、話し声がきこえた？」

ときくと、母は両手で顔をおおい、うなずきました。

そのとき、持っていたものが母の手から落ちました。

それは、父がおもしろ半分に買ってきて、一度試《ため》したきり使っているのを見たことがないボイスレコーダーでした。

わたしの部屋の前をとおったら、また話し声がきこえたので、どういう目的かはわかりませんが、たしかに自分がきいたという証拠《しょうこ》がほしかったのでしょうか。

母はいったんそこをはなれ、ボイスレコーダーを持ってきて、外から録音したのでしょう。

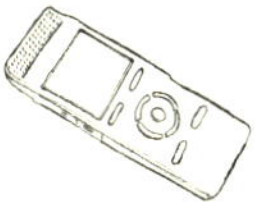

「こんどは、どんな声だった？」

ときくと、母は手で顔をおおったまま、

「はじめはわからなかったけど、おばあちゃんの声だった。」

と答えました。

「おばあちゃんって、どこの？」

ときくと、母は答えました。

「お父さんのお母さん……。」

それで、だれかに心配されなければならないのは、わたしではなく、やはり母のほうだと思いました。父方《ちちかた》の祖母《そぼ》がわたしの部屋にくるはずはないのです。なぜなら、その前の年、祖母は病気で亡《な》くなっているからです。

わたしはいすから立ちあがり、母のとなりにすわって、床《ゆか》からボイスレコーダーをひろいあげました。

「きいていい？」

ときくと、母がうなずいたので、わたしはボイスレコーダーの再生《さいせい》のスイッチを入れました。

父がそれを買ってきたときに、わたしも操作《そうさ》方法を父から教えてもらっていましたから、やりかたはわかっていました。

いくつか録音されていましたが、録音日時は液晶《えきしょう》で表示《ひょうじ》されますから、それを見て、今録音されたばかりのものを選びました。

まず、わたしの笑い声がきこえ、つづいて、わたしが、

「そんなこと、あるのかなあ。」

という声がきこえました。

つづいて、少し間《ま》があり、またわたしの声がしました。

「だけど、しょっちゅう、そうなの？」

そして、それからまた間があって、つぎにきこえたのも、わたしの声でした。

それは、

「へえ、ふしぎだなあ……。」

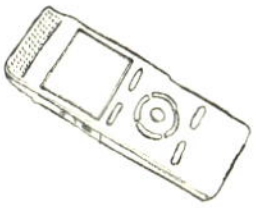

でした。

そのあとまた間《ま》があって、録音がとだえました。

母が両手を顔からどけて、つぶやきました。

「おかしいな。おばあちゃんの声が入ってない。」

「ええ？　へんなこと……。」

とそこまでいって、わたしはつぎの言葉をのみこみました。

　わたしは、

「へんなこと、いわないでよ。おばあちゃんの声なんて、入ってないじゃないか。」

といおうとしたのです。

　でも、もしそれをいうなら、へんなことをいってるのは、こっちも同じになります。

　わたしは、自分の部屋で、だれともしゃべっていたつもりはないのです。それなのに、わたしの声が録音されているとすれば、わたしは無意識《むいしき》にひとりごとを、しかも、だれかとしゃべっているみたいなひとりごとをいっていたことになります。

録音日時をもう一度確認《かくにん》すると、たしかに、今さっきの時刻《じこく》です。

わたしはだれともしゃべっているつもりはないのに、声が録音されている。そして、母は、録音されてはいない祖母《そぼ》の声をきいているということになります。

奇妙《きみょう》なことは、わたしの側にも、母の側にも起きているのです。

母は、自分のほうの親戚《しんせき》のことなら、父に話したかもしれません。でも、声は父の母親のものでしたから、父にはだまっていることにしたようです。

しばらくして、母は立ちあがって、いいました。

「このことは、お父さんにはだまっていようね。もっとおかしなことが起こったら、そのときまた考えましょう。」

母が出ていく前に、わたしはきいてみました。

「それで、ぼくとおばあちゃんはどんな話をしていたのかな。」

母はちらりと天井《てんじょう》を見てから、答えました。

「どこだかわからないけど、どこかの町の話みたいだった。おかしなことばかりいう門番《もんばん》がいるとかいってた。門番が呪文《じゅもん》をとなえると、門が開くとかいったら、あなたが、そんなことあるのかなあって、いったのよ。」

母はだいぶおちつきをとりもどしていましたが、それでもまだ顔は青ざめていました。

ボイスレコーダーが正しく機能《きのう》していれば、わたしがしゃべっているのは事実《じじつ》です。もちろん、わたしにはそういうおぼえはありません。あいての声が録音されていないのはなぜなのか、それはわかりません。そんな声はまったくしていないのに、母が幻聴《げんちょう》をきいたという可能性《かのうせい》もなくはありません。

けれども、そういうことは、それきり起こらず、母がわたししかいない部屋から、わたしとだれかの話し声をきくことはなくなりました。

わたしが話しているあいだ、少年はだまってきいていた。

話しおえてから、わたしは少年にいった。

「今の話はほんとうのことです。でも、ずっと忘《わす》れていて、さっき、あなたと話しているときに、思い出したのです。けっこう不思議なことですよね。そのあとずっとそういうことがつづけば、なんとかしなければならなかったかもしれません。でも、それきり、そういうことは起こらなくなったのです。母もからんでいますから、わたしだけの体験ではなく、そういう意味では、少年期にはちょっとかわったことが起こるとばかりはいえないかもしれません。でも、ちょっとのあいだ、そういうことがあっても、ほうっておけば、だんだん起こらなくなっていくかもしれません。これからもたびたび、夢《ゆめ》と現実《げんじつ》が入れかわることがあるようでしたら、ご両親に相談《そうだん》するのがいいと思いますよ。どっちにしても、本を読んで、解決《かいけつ》するようなことじゃないと思います。というか、本を読まなくても、自然に解決するんじゃないかっていう気がしますけど。すごくこまっているのではなく、気味《きみ》が悪いというだけなら、ちょっとほうっておいてみたらどうでしょうか。」

少年は、

「じゃあ、そうしようかな。」

とつぶやいてから、いった。

「じゃあ、こうします。あと一回、いや、二回にしようかな。また、そういうことが起こったら、お母さんにいってみます。でも、その前に、どうお母さんにいったらいいか、ここに相談《そうだん》にきてもいいですか。」

「もちろんです。ぜひ、そうしてください。」

わたしがそう答えると、少年は、

「どうもありがとうございました。」

といって、席を立ち、帰っていった。

わたしは立って、少年のうしろ姿《すがた》を見ながら、ふと思った。

わたしは子どものころから、ずっと同じ部屋にいる。階段をあがってすぐの二階の部屋だ。父も母もよくそこを通る。

母はあれきり、わたしの部屋から声がきこえるとはいってない。

でも、ほんとうにそうなのだろうか?

わたしは、きゅうに疑問《ぎもん》に思えてきた。

ひょっとすると、あれからも、母は何度もわたしの部屋から、わたしとだれかが話している声をきいているのではないだろうか。でも、だからといって、それ以上のことは起こらないし、とくに困《こま》りもしないので、つまり、母もわたしも困らないので、母はわたしにだまっているだけではないだろうか。

そんな気がしたのだ。

エピローグ

三月に病気が見つかってから、わたしは毎月一回、検査《けんさ》を受けにいっている。九月の最初の水曜日の検査結果では、八月より数値《すうち》がいくらかよいということで、ちょっと安心した。

九月になると、図書館にくる小学生と中学生の数はぐっと減《へ》る。そのかわりというわけでもないが、季節は読書シーズンということだろうか、定年《ていねん》退職後《たいしょくご》の初老《しょろう》の男性《だんせい》が多くなってきた。そういう人の中には、エレベーター保守点検《ほしゅてんけん》会社の唐沢《からさわ》さんのように、孫のために本を選んでいく人もいて、児童読書相談《じどうどくしょそうだん》コーナーにくることもある。

図書館員はたいてい、隠《かく》し玉《だま》のようなものを持っていて、それは、この年代《ねんだい》の人にはこの本をすすめればだいじょうぶという本のことだが、わたしにもそういう本がある。

唐沢《からさわ》さんが借りていった本などは、そのうちの一冊《さつ》だ。それはシリーズもので、二十巻《かん》以上出ているのだが、このあいだ、唐沢さんは八巻目を借りていった。

小学生はおばけが好きなのだ。

九月の検査《けんさ》で病院に行き、わたしが会計をするために、窓口《まどぐち》のある一階のベンチで待っているとその唐沢さんがやってきて、となりにすわった。

「病気なのかい？」

ときかれ、わたしは自分の病気のことと、図書館で働くようになったいきさつを話した。

「へえ、たいへんだねえ。だけど、若《わか》いんだから、すぐなおるさ。」

唐沢さんはそういったが、すぐに、

「いや、そんな無責任《むせきにん》なことはいえないか。若くても、病死する人もいるからな。いくら医者がだいじょうぶだっていってても、あてになるとはかぎらないから、気をつけるにこしたことはない。」

としみじみとした調子《ちょうし》でいいたした。

「唐沢《からさわ》さんも、どこかお悪いんですか。」

ときくと、

「軽い腰痛《ようつう》がときどきあるんで、ここの整形外科《せいけいげか》にかかっているんだがね……。」

と答えてから、いくらか声を落とした。

「ここの整形外科の先生はやぶだからねえ。なおりはしないさ。ま、ときどき痛《いた》み止《ど》めを処方《しょほう》してもらいにくるだけなんだ。もう帰るところだよ。だけど、よくないのは、整形外科の先生だけじゃない。ここのエレベーターの管理《かんり》もあんまりよくないから、乗らないほうがいいかもしれない。うちの会社がやっているんじゃないよ。よその会社だ。だけど、エレベーターに出るっていうんで、作業員《さぎょういん》がいやがるらしい。」

「出るって？」

答えはわかっていたが、そうきいてみると、唐沢さんはてのひらを下にした両手を前にちょっと出して、幽霊《ゆうれい》の手のかっこうをした。

「これだよ。」

「幽霊《ゆうれい》ですか？」

「そうだ。」

「どんな？」

「どんなって、病院に出るんだから、白い浴衣《ゆかた》を着た女だな。」

「見たんですか？」

「わたしは見てない。そういううわさだ。エレベーターの点検中《てんけんちゅう》、ドアが開かなくなって、外に出られなくなったっていうんだ。そのとき、何気《なにげ》なく天井《てんじょう》を見あげたら、白い浴衣姿《ゆかたすがた》の白髪《しらが》の老婆《ろうば》が、ハエみたいに天井《てんじょう》にへばりついていて、作業員《さぎょういん》を見おろしていたそうだ。まあ、心がけが悪いから、そういう不気味《ぶきみ》なやつに出会うんだな。その点、わたしはふだんの心がけがいいから、エレベーターで会っても、お人形《にんぎょう》さんみたいにきれいな女の子だったしな。」

唐沢《からさわ》さんはそういって、陽気《ようき》に笑った。そして、真顔《まがお》にもどると、わたしの耳に顔をよせ、ささやくような声でこういった。

「エレベーターなら、まだいいよ。同じようなことが霊安室《れいあんしつ》で起こったら、どうするんだ。たとえばさ、霊安室《れいあんしつ》に蛍光灯《けいこうとう》をかえにいったとするだろ。そうしたら、蛍光灯がチカチカしててさ。御遺体《ごいたい》が寝台《しんだい》に寝《ね》かされていたりしてね。もちろん、顔に白い布《ぬの》がかかっているから、男か女か、年齢《ねんれい》もいくつくらいかわからない。それで、その寝台のすぐ近くに脚立《きゃたつ》を立てて、蛍光灯をとりかえにかかったら、いきなりドアがバタンと閉《し》まり、御遺体が起きあがって、脚立の上で蛍光灯をとりかえているこっちの腰《こし》に抱《だ》きついてきたら、どうする？　もし、それが若《わか》くてきれいな女でも、うれしくないよなあ。それで、あわてて、脚立からおりて、ドアに駆《か》けよって、そこを開けようとしても、開かなかったりしたら、もうパニックだろ？」

「そんなこと、あったんですか？」

わたしが唐沢《からさわ》さんの顔を見て、そうたずねると、唐沢さんは、

「いや、そういうことがあったってことはきかないけど、あるかもしれないじゃないか。この病院、エレベーターの調子《ちょうし》だって、よくないんだからな。」

といって、また笑った。そして、

「じゃあ、また図書館で。」

といい、病院の玄関《げんかん》のほうに歩いていった。

わたしのかよっている科《か》は三階にある。それまでわたしはそこに行くのに、エレベーターを使っていたが、つぎからは階段《かいだん》で行こうと思った。

斉藤洋
（さいとう ひろし）

東京都生まれ。中央大学大学院文学研究科修了。『ルドルフとイッパイアッテナ』で講談社児童文学新人賞、『ルドルフともだちひとりだち』で野間児童文芸新人賞、『ルドルフとスノーホワイト』で野間児童文芸賞を受賞。1991年、路傍の石幼少年文学賞を受賞。作品に『ビブリオ・ファンタジア　アリスのうさぎ』『ひとりでいらっしゃい』『うらからいらっしゃい』『まよわずいらっしゃい』「白狐魔記」シリーズなど多数。

森泉岳土
（もりいずみ たけひと）

東京都生まれ。水で描き、そこに墨を落とし、細かいところは爪楊枝、割り箸などを使い漫画を描く。作品に『夜よる傍に』『耳は忘れない』『カフカの「城」他三篇』『ハルはめぐりて』『報いは報い、罰は罰』などがある。

ビブリオ・ファンタジア

シンデレラのねずみ

2018年7月　初版第1刷

作＝斉藤洋
絵＝森泉岳土

発行者＝今村正樹
発行所＝株式会社 偕成社　http://www.kaiseisha.co.jp/
〒162-8450 東京都新宿区市谷砂土原町3-5
TEL 03（3260）3221（販売）　03（3260）3229（編集）
印刷所＝中央精版印刷株式会社　小宮山印刷株式会社
製本所＝中央精版印刷株式会社

NDC913 166P. 20cm ISBN 978-4-03-727220-3

本のご注文は電話、ファックス、またはEメールでお受けしています。
Tel: 03-3260-3221 Fax: 03-3260-3222 e-mail: sales@kaiseisha.co.jp
乱丁本・落丁本はお取りかえいたします。

ビブリオ・ファンタジア

アリスのうさぎ

斉藤洋作　森泉岳土絵

図書館でアルバイトをするわたしのもとにはなぜか、不思議な話が集まってくる。「天使の本か悪魔の本か」「美術館の少女」「アリスのうさぎ」「白い着物」の四編が収録された奇譚集。